Mírate en mi espejo

Goretty Nzeng

Cubierta: Alicia Detorres

Revisión: Poliana Ponte

Cuarta edición 2025

ISBN:9788461658220

@goretty_escritora

Imposible es aquello que tú decides no hacer
Goretty Nzeng, 1974

Agradecimientos

Escribir mi primer libro al público me ha llevado treinta y ochos años. Sí, treinta y ocho años. Y escribirlo para mí, desde los ocho años. Os preguntaréis el porqué. Sencillo, no tenía agallas para presentarme al mundo como escritora. Pero al final lo hice y este es el resultado. Puede que no os guste, o sí, pero os aseguro que ha sido uno de los placeres más divinos que de que he disfrutado. Mientras escribía me veía sentada en un vagón del metro leyendo el libro, y he escrito lo que me gustaría leer en ese trayecto.

Este libro seguramente no habría sido posible sin el despiste de mi querido marido, Luis Pérez Galindo, que se olvidó de mi treinta y ocho cumpleaños y para compensarlo me abrió un blog, donde empecé a adquirir el hábito de escribir.

Y antes de cumplir los treinta y nueve años, entre pañal y pañal y mi trabajo de *booker,* había terminado mi primer libro. Este que tienes en las manos.

Aprendiendo a vivir

Vivir sus deseos, agotarlos en la vida, es el destino de toda existencia.

Henry Miller,1891-1980

Somos lo que somos. Y por más que huyamos de ello, siempre el tiempo nos lo recordará.

He decidido sacar a la escritora que llevo dentro a pasear por el mundo de la literatura. Me ha costado. Pero no podemos ni debemos reprimir ciertos impulsos.

Notaba que tarde o temprano saldría. Lo sabía. Cuanto más estresada estaba más escribía; cuanto más desilusionada estaba de algo, de alguien, más escribía; cuanto más feliz me sentía más escribía y nadie lo leía.

A veces lo hacía mientras comía. Me levantaba a mitad de la noche para plasmar mis ideas en un papel. Nada más levantarme, encendía el ordenador y escribía.

La idea de crear, de hacer sentir a mis personajes, de insuflarles vida me da vida. De decidir sus pasos, de hacerlos soñar. Me siento una diosa menor.

Y aquí estoy, escribiendo relatos cortos.

Mi marido, al leer mis escritos, me dijo que no conocía a la mujer que escribía. Se sorprendió de que pudiera expresarme así. Se sorprendió de que le pudiera tener intrigado leyendo. Y rompió una lanza en mi honor. Me dijo que escribía bien. Gracias, marido, la escritora que llevo dentro necesita de tu apoyo. Pero separa a la escritora de la mujer con la que te casaste.

Mi amigo H, a quien hace años que no veo, leyó mi blog una noche y me mandó un wasap.

—Bonito tu blog, pero muchos términos negativos… ¿estás bien?, ¿feliz?

—Ja, ja, ja. ¿En el blog?

—Sí, ¿no es verdad?, o al menos me lo ha parecido.

Volví a reír.

—Escribo sobre lo que pasa después del «fueron felices y comieron perdices». De lo que pasa después del enamoramiento como enfermedad.

—Ya... ¿Pero tú eres feliz?, que es lo que me importa.

–La felicidad son momentos y tengo bastantes momentos de esos.

–Me quedo tranquilo pues...

–Gracias por preocuparte. Tengo la vida que elegí, no la que deseé.

–Pues me parece la mejor manera de deshacerse de los viejos disfraces que a veces guardamos amontonados. Saca tu arte, ya que tú eres arte.

Fue un subidón de adrenalina. Y me puse a escribir.

Cualquier persona me inspira, cualquier objeto me saca de dentro las ganas que tengo de crear otro mundo paralelo al que vivo. Mis dedos saltan de la cama a las seis de la mañana para ir al ordenador, para que mi mente pueda vaciar la cantidad de historias que se inventa a lo largo del día y deja reposar durante la noche.

Las 7.45 de la mañana.

Suena el teléfono. Solo puede ser ella, sabe que es mi hora de terminar de escribir para preparar a los nenes.

–¿Por qué has tardado tanto? –me pregunta S.

–¡Buenos días!

–Vale, buenos días –saludo con pocas ganas.

–Porque tenía miedo.

–¿Miedo?

—Sí, miedo a no llegar a plasmar en papel lo que siento.

—Pero si siempre te has explicado bien –me dijo.

—Miedo a ser juzgada por lo que pueda escribir. Pero ahora me siento libre. Puedo decir escribir todo lo que se me pase por la cabeza sin importarme el qué dirán.

—Me alegra, porque sé que es tu vía de escape.

—Sí, es mi manera de sentirme muy viva, de crear, de dar esperanza, de tener fe, de…, de… Creo que estoy aprendiendo a vivir.

—Me gusta. Siempre has escrito, ¿sacarás del cajón todo aquello que llevo más de veinte años viéndote escribir?

—No lo sé. Algunas cositas sacaré.

—Estoy impaciente por la siguiente historia.

—Y yo.

—Bueno, supongo que estás con el té. Despierta a los nenes y dales un beso de mi parte.

—Siempre.

—Te quiero.

—Yo más.

Y colgó.

Una noche con mi mejor amiga

Al final, no nos acordaremos tanto de las palabras de nuestros enemigos, sino de los silencios de nuestros amigos.

Martin Luther King, Jr., 1929-1968

Mi amiga no hizo el silencio, sino que todo fue a gritos, jadeos, gemidos y sonidos guturales.

Yo estaba enamorada de un tío de mi trabajo. Muy colgada. Todas mis amigas lo sabían. Algunas se compadecían de mí y otras me animaban a que fuera a por él.

Tenía a mis amigas de toda la vida. Pero se casaron y tuvieron hijos, así que me quedé un poco sola.

Iba de relación en relación y no encontraba al príncipe deseado. Si es que existe para mí. Inicié nuevas amistades en el trabajo. Entre ellas, Solana.

Hacíamos casi todo juntas. Vacaciones, escapadas de fin de semana. Hablar sobre el chico del que alguna de nosotras estuviera pillada.

Ella conocía la historia mejor que nadie. Y conocía al chico en cuestión, Jaime.

No sé cómo describir su manera de tratarme. Era el perro del hortelano. Supongo que esa palabra define lo que hacía conmigo, pero sin querer tener nada conmigo. No me dejaba tranquila. Una de cal y otra de arena. Cuando pensaba que lo estaba olvidando, me sorprendía en algún rincón del trabajo y me metía la lengua hasta el fondo. Y yo sucumbía a su excitación. No había manera de olvidarse de él. Y cuando veía que estaba pendiente, se alejaba. Estuvimos con esa historia durante casi dos años. En los cuales yo me enamoré hasta la médula de ese imbécil.

La relación era un dolor de cabeza para mí. Pero el cabrón follaba como los ángeles, si es que los ángeles tienen sexo. Así que me dejaba seducir. Lo hacíamos en el baño del trabajo, en el coche al salir del trabajo. En cualquier sitio que él quisiera. Parecía que le excitaba que nos pillaran y yo aprendí a disfrutar del voyerismo. Imaginándome que nos estaban mirando. Era excitante. Yo soñaba que algún día se daría cuenta de la mujer maravillosa que llevo dentro y sucumbiría a mis encantos.

Para mí, él era más que un amigo. Y esperaba que llegara a ser algo más. Él decía que éramos *follamigos*. Así que cuando pasó lo que pasó, yo me quedé helada, destrozada, me quedé…

Teníamos un concierto un grupo reducido del trabajo. A Solana hacía un mes que la habían trasladado a Barcelona, y cuando Jaime me llamó diciéndome que Solana venía y que se quedaría en su casa a dormir, me alegré. Pero no entendí por qué Solana no me había llamado a mí para quedarse en mi casa.

Pasamos una noche divertida. Los que bebían se emborracharon y los que no, a base de Redbull. Al no beber puedes observar las tonterías que hacen los que beben. Solana estaba coqueteando con Jaime. Se le acercaba, movía el pelo al viento y ponía morritos.

Estaba flipando, pero deduje que era por el alcohol que había tomado. Y para mi dolor, Jaime le seguía el juego.

Solana vino con una nueva compañera de Barcelona. Una chica encantadora.

Al final de la velada y ya en casa de Jaime, abrí mi colchón hinchable y lo tiré en el suelo del salón, dispuesta a dormir. Y que mañana fuera otro día porque me habían dejado un mal sabor de boca las coqueterías de los dos. Tenía la sensación de que se me había pasado algo por alto.

Ellos parecían compenetrados y yo era como la tercera en discordia.

La casa de Jaime era un dúplex con dos dormitorios. Uno abajo y otro arriba. Él se quedó en su habitación, que estaba en la planta baja, cerca del salón, donde yo dormía, y Solana y su compañera Ana se fueron a la habitación de arriba.

El juego lo empezó ella. Comenzó incitándolo con historias sexuales. Llamándolo para que subiera a jugar con ellas. Le lanzaba frases picantes. Al principio nos reíamos todos, pero llegó un momento que yo empecé a sufrir. No entendía el juego de Solana.

Mientras intentaba situarme y ver qué narices estaba pasando, Jaime subió con ellas y al rato bajó Ana.

—Ese rollo no me va.

—¿Que rollo? —le pregunté.

—Él está dispuesto a montárselo con las dos, y la verdad, que no es mi rollo.

—¿Se están enrollando?

No hizo falta que me contestara, empecé a oír los gemidos de ella.

Las dos nos quedamos calladas. Yo de piedra, con ganas de llorar, pero sin lágrimas.

Los gemidos subían de decibelios. Se lo estaban pasando en grande. La casa retumbaba con las embestidas. Me fui al baño a llorar. Abrí la ducha y me metí debajo para poder mitigar el dolor. Ana me sostuvo la mano mientras lloraba. Los gemidos nos llegaban hasta el baño. El ruido del agua amortiguó parte, pero no todo el escándalo que estaban armando.

No recuerdo cuánto tiempo estuve debajo de la ducha, pero cuando salimos solo oímos los ronquidos de él. Habían terminado.

Se hizo silencio en la mesa. Las chicas de la mesa de al lado estaban pendientes como mi interlocutora.

—¿Cielo, por qué no te fuiste cuando empezó todo? —me preguntó con la hamburguesa a medio cortar; no podía seguir comiendo mientras oía mi historia.

—Quería que me vieran la cara. Quería verles la cara después de lo que me habían hecho.

Me miró y solo pudo articular:

—¡Olé tus ovarios!

—El daño ya estaba hecho. ¿Por qué irme? ¿Dejarles que fueran felices a mi costa? Pues no. Me quedé.

Los esperé por la mañana en la cocina preparándome un café. Primero bajó ella y al verme se quedó petrificada.

Supongo que no esperaba verme todavía por ahí. Supongo que gritó tanto por la noche para que me fuera y no tener que verme la cara por la mañana. Pero ahí estaba yo, mirándola y ella, cabizbaja, me dijo:

–Lo siento.

–¿Qué sientes? –le espeté.

–Lo que ha pasado.

–Dudo mucho que lo sientas. Tenías ganas de follártelo y lo provocaste y te lo follaste conmigo aquí. No lo sientes. Disculpas no aceptadas.

–Él vino porque quiso.

–Ya. Supongo que le dirías que te dejarías dar por culo, ya que yo no quería. ¿Era eso?

–No te pases.

–¿Que no me pase? ¿Sabes el daño que me acabas de hacer? ¿Crees que soy tonta? Sé que te ha follado porque quería introducir su polla en tu ano. Zorra asquerosa. Tú sabías que quería eso, porque te lo conté, y vas y se lo das tú. Tú ya no eres mi amiga. Nunca lo fuiste. Ojalá te duela el culo y no puedas sentarte, y además te salgan hemorroides.

Ella no sabía dónde meterse. Se fue corriendo al baño y no sé si subió a la habitación o se quedó ahí hasta que me marché.

Al rato bajo él y actuó como si nada. Me tomé el café y me fui.

Si él no se disculpaba, ¿para qué cojones iba a decirle nada? De todos modos, había tomado la decisión de no perdonarlos.

A la media hora, Ana me llamó y me dijo que Jaime había dicho que no se acordaba de haber follado con Solana, que estaba muy borracho para acordarse.

—Lo mismo me dijo la primera vez que restregó su miembro contra mí.

—Yo tampoco me creo que no se acuerde. Supongo que le da vergüenza ahora al darse cuenta de con quién se había acostado.

—Supongo. Gracias.

—De nada, cielo. Si necesitas algo, avísame. Prometo no hacerte una guarrada como esta.

—Gracias.

Fui directamente a casa de Patricia. Mi mejor amiga desde siempre. Era temprano, pero toqué el timbre porque sabía que ahí siempre era bienvenida. Bajó su marido a abrir y al verme con la cara desencajada, me abrazó. Me llevó al salón y subió a la planta de arriba a llamar a Patricia. Con su marido pasándome las servilletas de papel. Intentando mitigar mi dolor. Yo no paraba de llorar. Fue duro. Patricia me cogía de la mano y me metía sorbitos de té con limón en la boca. Yo bebía como una autómata. Lo agradecí porque entraba en calor. Mi cuerpo estaba helado. Yo estaba helada.

Miré a la chica que me estaba contando su historia. Mi hamburguesa ya estaba fría y no pensaba comérmela. Y mirándola me di cuenta de lo fuerte que era, porque yo en esa situación no sabría qué hacer.

–¿A qué se refería Ana cuando dijo que tal vez Jaime estaba arrepentido de darse cuenta de con quien se había acostado? –le pregunté.

–A su físico. Yo no soy un bellezón, pero le doy mil vueltas. Ella es un poco robusta, con gafas de botella, rubia pollo, en definitiva, es fea. Un compañero del trabajo dijo una vez que era difícil de ver.

–Entonces Jaime, ¿te cambió por un polvo asqueroso? No me lo podía creer.

–No sé si fue asqueroso. Lo que sé es que le había cortado el grifo de follar hasta que se decidiera, porque me estaba destrozando su actitud. Es como si solo estuviera conmigo por el sexo.

—¿Y va y se venga de esa manera? ¡Qué bien!

—Ya es agua pasada, pero sí que lo pasé fatal.

—¿Y qué fue de él? —seguí indagando.

—A los pocos meses empezó a salir con otra compañera.

Tenían miedo de decírmelo. Recalcaron que no sabía cómo enfrentarse a mí, después de lo que había pasado con Solana. Pero lo entendí. Jaime y yo apenas nos hablábamos y ya no teníamos una relación, o un sucedáneo de relación.

—Hace seis meses se casaron.

—¿Se han casado? ¡Joder! —llegué a articular.

Sacó el móvil y me enseñó fotos de la boda.

—Con ellos me llevo bien. Su mujer siempre fue una buena compañera y amiga. Me invitaron a la boda y fui.

—¡Ah! ¡Joder! —volví a decir. Esta chica sí que era fuerte, pensé.

—Mira, te voy a enseñar una foto del Facebook de Solana.

Miré la foto y sí, era *infollable* a la luz del día. Entendí por qué Jaime renegó de lo que había ocurrido.

—¿Sabes qué? —le pregunté.

–¿Qué?

–Fuiste muy valiente quedándote para ver la reacción de ellos. Jaime es un impresentable y ella… De una buena te has librado.

–Sí.

Se hizo el silencio mientras masticaba sus nachos.

Cuando el amor se convierte en indiferencia

La gente se arregla todos los días el cabello. ¿Por qué no el corazón? Proverbio chino

Hablando con una amiga, me hizo una revelación sorprendente. El amor hacia su pareja se había convertido en indiferencia.

—Explícate –le apremié.

—Es textual –me respondió–. Siento indiferencia hacia él. Me da igual lo que haga o lo que diga. Si dice o no dice nada.

—¿Y eso?

—Él ya no es importante para mí.

—¿Y cómo ha ocurrido?

—Es fácil. Cada uno quiere su espacio sin pensar en el otro. Nos volvemos egoístas, solo estamos nosotros. Dejamos de hacer las cosas que hacíamos por el otro solo para verlo feliz. Nos vamos distanciando poco a poco. Y lo peor de todo es que lo permitimos ambos.

—Es triste —respondí.

—Sí, lo fue al principio. Lloraba, pataleaba, le pedía amor, cariño. A veces le exigía. Pero a medida que van pasando los días vas perdiendo fuerza, y dejas de intentarlo. Y una vez asumido, se lleva.

—¿Y él lo sabe?

—¿El qué?

—Que pasas.

—Claro.

—¿Lo hablasteis?

—No.

—¿Entonces cómo lo sabe?

—Imagínate un chico que te corteja. Te regala flores, te busca, está pendiente de ti. Tú en el fondo pasas porque no sabes si realmente te gusta, pero reconoces sus esfuerzos. A veces te agradan, otras no. Alguna vez se te ha ido la lengua y le has dicho que te agobia con tantas atenciones. Y poco a poco va minando su interés hacia ti. Ya no llegan las flores, ya no te brinda tanta atención. Ya no te llama como hacía antes. Y si te escucha, ya no con el mismo interés de antes. ¿Qué pensarías respecto a eso?

—Que ya no le intereso.

–Pues eso es. Cuando dos personas han estado muy unidas como nosotros, sería de locos no darse cuenta.

–¿Y entonces?

–Esperando el momento. Esto es un proceso. Debes pasar por todas las fases antes de tomar la gran decisión.

–Supongo que estás quemando los últimos cartuchos.

–Ya ni eso. Cuando quemas los últimos cartuchos es porque lo sigues intentando. Yo ya no lo intento. Ya he pasado por las fases del dolor, la negación, no quise aceptar que me estuviera ocurriendo. Me autoengañé pensando que todo se arreglaría, que ese alejamiento que se estaba produciendo entre los dos se resolvería solo.

» Luego llegó la rabia, cuando todo seguía igual; después el desamor y más tarde el desprecio. Sí, llegas a despreciar a tu pareja; aquella persona que elegiste para convertirse en tu mitad, aquella persona que te complementaba ahora la despreciabas. Y al final llega el rechazo. Una vez que llega, ya no hay vuelta atrás. Debes separarte.

–Lo siento.

—Más lo siento yo. Pero me alegro de no tener hijos porque eso sería un gran problema a la hora de tomar decisiones.

—Tienes razón. ¿Entonces estás bien?

—Mejor que bien. Me he quitado un peso de encima.

Dime dónde estás e iré a buscarte

Las grandes almas tienen voluntades; las débiles tan solo deseos.   Proverbio chino

Cada día, a la misma hora de lunes a viernes, me sentaba en ese banco durante cuarenta y cinco minutos de reloj. Después de ese tiempo me ponía la chaqueta, me atusaba la corbata y volvía por donde había venido.

Nunca me fijé en nadie en concreto, porque solo pensaba en mis problemas.

Por eso, cuando un señor se acercó a mí y me dijo que me veía en ese banco todos los días, me extrañó no haberlo visto.

–Estás tan ensimismado que apenas te fijas en nada.

Lo observé mientras decidía si lo contestaba. Tenía el pelo canoso, unas arrugas en la comisura de los labios que en vez de afearlo lo hacían atractivo. Tendría unos sesenta o setenta años. Una dentadura perfecta y muy blanca. Al observarlo pensé que seguramente fuera postiza.

Se sentó a mi lado, en el banco, en silencio. Y yo seguí divagando en mis pensamientos sobre su persona.

–¿Qué tal te encuentras hoy? Ayer me pareció verte unas lágrimas.

Seguí en silencio intentando asimilar que ayer, cuando me derrumbé, hubiese alguien observándome.

–Es de mala educación no contestar cuando te hablan.

–Disculpe –articulé medio asombrado–, es que intentaba digerir que usted haya estado observándome.

–Era inevitable. Llevo fijándome en ti dos meses. Como verás, soy un anciano que no tiene nada mejor que hacer que pasar el tiempo en el parque día tras día, y cuando un elemento nuevo entra en mi campo de visión y perturba mi rutina, le prestó mucha atención.

No sé por qué, pero estaba asombrado de lo que imponía su presencia. Cautivado por su léxico, por cómo utilizaba las palabras. Y su mirada era profunda. La palabra anciano me gustaba. Se le notaba de buena cuna y educación, que no siempre van acompañados.

–No sabía que habían pasado dos meses.

–Debe preocuparte algo importante para llevar tanto tiempo viniendo.

Giré y lo volví a observar. Su mirada me trasmitió tranquilidad y confianza.

–Tengo la sensación de que caigo por un precipicio.

Silencio.

–Explícate.

–Me casé con la mujer de mi vida. Fuimos muy felices y dichosos, y un día me desperté al lado de una extraña. Y ahora no sé qué hacer. La estoy perdiendo, se me va de las manos.

Me sentí aliviado al contárselo. Por fin lo que tenía en la cabeza salió de mi boca. Y se hizo realidad.

–¿Por eso vienes al parque?

–Sí, para despejarme.

–¿Y te has despejado?

–No. Creo que no.

–¿Y ella, qué opina?

Lo miré extrañado. Y continuó.

–Sobre que pases cuarenta y cinco minutos todos los días aquí de lunes a viernes.

–No lo sabe.

Asintió con la cabeza.

–¿Dónde piensa ella que estás?

–Sinceramente creo que le da igual. La primera vez me preguntó, la segunda no.

–¿Y no se te ocurrió darle una explicación?

–No.

–Ya.

Silencio.

–Entonces estás engañando a tu mujer, a la que consideras la mujer de tu vida, desde hace dos meses.

–Viéndolo así...

–Principio de honorabilidad: no mentir a tu pareja, a no ser que sea indispensable.

Me quedé perplejo. ¿Honorabilidad? ¿Esa palabra existía? ¿Qué persona hablaba así?

–Deberías empezar por el principio –me dijo a modo de consejo.

–¿El principio?

–Sí, el principio. Olvídate de todo. Recuerda lo que te enamoró de ella. ¿Pero sigues enamorado de ella?

–No lo sé.

–Vamos mal entonces. Debes saber si la quieres todavía.

–Se supone que es lo que vengo al parque a hacer, aclarar mis ideas lejos de los problemas que me acechan.

—¿Por qué no lo habláis?

—Es complicado, ya que hace como un mes que apenas nos hablamos.

—¿Por qué?

—Una discusión llevó a otra y otra, y al final decidimos dejar de hablar para no discutir.

—Discutir es bueno en su justa medida.

—Es demasiado. Nosotros discutimos por todo. Discutimos por los niños, la casa, por la perra, por un vaso, por todo. Tenía tanta rabia acumulada que acabé diciendo cosas de las cuales me arrepiento, pero sé que ya cruzamos el umbral y no sé cómo volver atrás.

—Ya. Y la solución es venirte aquí y sentarte esperando que la Santísima Trinidad lo arregle. Siento decirte que es una actitud cobarde. No concibo que pueda dormir todas las noches al lado de la mujer que elegí, al lado de la persona que quiero, que amo, sin tocarla, sin sentirla.

Me callé. Sabía que tenía razón. ¿Cuándo dejó de importarme no tocarla?, ¿cuándo dejo de importarme todo lo relacionado con ella?, ¿acaso soy cobarde? Muchas noches oí sus sollozos, muchas noches ella intentó tocarme, muchas noches ella dio los pasos y todas esas noches yo la rechacé. ¿La seguía queriendo?

Había días que la aborrecía y había días que la echaba de menos. Pero no a la mujer que tenía a mi lado, sino la que fue.

–¿Has evolucionado?

–¿Cómo?

–Si has evolucionado. A muchas personas les pasa.

Lo miré y tuve que poner cara de póker porque acto seguido se explicó.

–Seguramente echas de menos la antigua vida que tuviste con ella, no la de ahora.

–Sí.

–Pues no has evolucionado. Y apuesto que ella sí.

–¿Por qué dice eso?

–Es sencillo. Echas de menos la vida sin responsabilidades, la vida de bienestar y tocarte la barriga. Cuando la situación cambia, uno debe cambiar y uno debe desear cambiar. A lo largo de mi vida he ido cambiando según las circunstancias. Nunca he sido el mismo después de cada acontecimiento. Y mi esposa siempre me lo ha agradecido. Y así he sido un compañero con quien envejecer, como dice ella.

» He visto matrimonios que iban a la deriva porque uno de ellos no había evolucionado, porque uno de ellos no estaba a la altura de las circunstancias. En vuestro caso, ¿quién de los dos no lo está?, ¿ella o tú? ¿O ambos?

Sacó una botella de agua de una mochilita, me ofreció, la rechacé y bebió.

¿Tenía razón?, me quedé pensativo.

—¿Qué estará haciendo tu mujer ahora mismo?

—Pues haciendo los deberes con los mellizos y revisando los deberes de la mayor.

—Entonces en vez de compartir esos momentos duros con ella, te vienes a un parque a relajarte. Le dejas todo el peso de la familia.

Estaba dando en el clavo, y dolía. Prosiguió.

—Al menos no vas al bar. Conocí a personas que iban al bar y llegaban borrachos a casa. De lo que estás haciendo al paso de ir al bar no hay mucho recorrido. Solo debes pensar en lo que realmente quieres hacer. Y en lo que realmente debes hacer. ¿Qué crees que recordarán tus hijos?, que era mamá quien hacía los deberes con ellos. Nunca estarás en esos recuerdos. Apuesto que en tu casa era así y por ende en la vuestra.

Más silencio, mientras masticaba unos cacahuetes que previamente me había ofrecido y esta vez sí acepté. Masticábamos casi al unísono y el ruido de fondo de los niños que jugaban en ese parque me hizo despertar. Sentí una punzada de dolor. No recordaba la última vez que había llevado a mis hijos al parque. Ella los acompañaba. Los fines de semana iba yo a lavar los coches o me inventaba algo que hacer para no pasar tiempo con mi familia. Mi tiempo era para mí.

Sentí tristeza.

–Bueno, me marcho. He quedado con la mujer de mi vida. Llevamos cuarenta años juntos y no concibo la vida sin ella. Por eso hago lo que sea para que ella sea feliz y permanezca a mi lado. La hago feliz todos los días porque nunca supe si llegaríamos a esta edad. La hago feliz todos los días porque el mero hecho de que esté conmigo me hace sentir dichoso. Yo te aconsejaría que te preguntaras si la quieres y si es así... empezar desde el principio.

La vi llegar y él acercarse a ella. La cogió la cara con las dos manos y le dio un beso apasionado. Sentí envidia. ¿Cuándo fue la última vez que besé a mi mujer así? ¿O simplemente la besé?

Ella le sonrió e intento zafarse de su abrazo. Él la agarro y la atrajo hacia sí. Parecían dos chiquillos.

Miré la hora. Hoy no me quedaría los cuarenta y cinco minutos de rigor. Hoy me iría pronto a casa.

No podía entrar con mi llave. Me asaltó una alarma interior. Ha cambiado la cerradura. No. Mi llave entraba, pero no podía girar. Respiré hondo. Había otra llave al otro lado de la cerradura. Toqué el timbre. Oí como nuestra perra se situaba detrás de la puerta. Mi hija mayor vino a abrir la puerta.

–Papá –exclamó–, ¿qué haces aquí?

–Vivo aquí.

–Ya, pero es muy temprano.

–He venido para ayudaros con los deberes.

–¿Ah, sí? –Mi hija mayor parecía extrañada–. Sé hacerlo. Intenté alegrar su cara de perplejidad.

–Hacía tiempo que ya no nos ayudabas.

–Pues hoy he venido para eso.

Se colgó de mi cuello y fuimos camino de su habitación.

Los mellizos salieron al pasillo y me agarraron de las piernas. No podía moverme. Pero me sentía bien. Era como si el agobio que me producían esos momentos hubiese desaparecido.

–Papá, nosotros también queremos que nos ayudes – gritaban los mellizos.

Intenté dar un paso hacia delante y estaba plantado en el suelo como un árbol. Todos querían una parte de mí y yo me sentí feliz de que en el fondo todavía me quisieran.

Mientras ellos me tenían secuestrado, buscaba a mi mujer con la mirada. Nuestra habitación estaba medio cerrada, puede que estuviera ahí. Mi hija mayor se percató y me dijo:

–Mamá está en la cocina preparando la cena.

Los dejé y fui corriendo a la cocina. La observé. Estaba preciosa, como siempre. Atareada, y la cocina oliendo a ese aroma familiar que solo ella sabía conseguir con sus guisos. Me acerqué a ella por detrás y la abracé. Me quedé ahí respirando su olor. Pidiendo perdón mentalmente y deseando empezar desde el principio.

La giré y la miré a los ojos. En la profundidad de sus ojos la vi, al fondo sentada, esperándome. Y la besé como hacía siglos que no lo hacía. Y me sentí en mi hogar.

La novia fiel...

El arte de agradar es el arte de engañar.
Marqués de Vauvenargues,1715-1747

Era la despedida de uno de sus mejores amigos. El mejor local de Madrid donde se encontraban las mejores estríperes.

Estaba ansioso y deseoso de que empezara la juerga. Mucha diversión y mucho alcohol.

Se roció lo poco que le quedaba del *aftershave* de One Million, de Paco Rabanne, mientras estudiaba su cara en el espejo interior de su BMW. Le gustó la imagen que proyectaba. Imagen de ganador.

Vio la larga fila que precedía a la puerta de la discoteca Show Hot.

«Pringaos», pensó.

Saludó a los dos gorilas que le cedieron el paso quitando el cordón separador.

Nada más entrar, el olor característico del lugar lo transportó a unos recuerdos que pensaba que había erradicado. Se sintió como en casa. Allí había pasado

37

muchos años de su vida. Allí había gastado gran parte de su pequeña fortuna, y allí había vivido y sentido demasiadas emociones.

Sintió que echaría de menos ese lugar cuando se casara con Sonia. Sí, había una futura esposa pese a lo que pensaban todos sus amigos. Ninguno de ellos apostó a favor de ella, ni de ninguna mujer que conociera Iván. Porque como era sabido, era un vividor. Pero todo cambió cuando la conoció.

Sonia no se parecía a ninguna de las chicas con las que había salido. Era atenta, tímida, casi rozando la estupidez, al entender de Iván. Nunca preguntaba dónde había estado. Se creía a pies juntillas todo lo que le contaba y pensaba que ella lo adoraba. Era perfecta para él.

Quizá podría seguir viniendo al Show Hot, Sonia no se daría cuenta. En eso estaba pensado cuando se dio de bruces con Mario.

—¡Esto es la leche! Nos están tratando muy bien. Les dijimos que veníamos de tu parte y nos han dado un reservado. Gracias, tío.

—De nada, Mario, para eso están los amigos.

—¡Jo, tío!, ¿tienes crédito aquí? –sonrió. Mario estaba fuera de sí. Se le notaba que le gustaba el ambiente. Y llevaba unas copas de más. Demasiado temprano a su entender. Pero… era su despedida de soltero y se lo tenía que pasar bien. Tal vez más tarde le regalara una chica con quien pasar la noche.

Ya en el reservado, comprobó que todos estaban bien servidos y se aseguró de que a nadie le faltase de nada. Se sentó y disfrutó del espectáculo como uno más.

Terminó la primera estríper. Un poco sosa, apenas se dejó tocar, pero esperaba que la segunda fuera un poco más permisiva o tendría que quejarse al dueño.

La segunda estríper descendió desde una rampa con las piernas abiertas y la minifalda de colegiala subida hasta su ombligo. «Esto promete», pensó Iván.

Llevaba un antifaz y una peluca pelirroja. Empezó a contonearse y a bailar. Se dejaba tocar y todos empezaron a aplaudirla. De repente, ella se fijó en el chico que estaba sentado al fondo del todo, el que no participaba con el grupo. Dejó de contonearse y deseó salir de allí corriendo. Lo intentó, pero sus pies no le obedecieron, intentó gritar, pero su voz estaba apagada. Los chicos siguieron tocándola y uno de ellos le quitó la peluca que iba incorporada al antifaz. Mario blasfemó. Iván deseó morir.

Sonia simplemente deseó estar en otro sitio.

Espejito, espejito, ¿quién es la más bruja?

La amistad duplica las alegrías y divide las angustias por la mitad.

Sir Francis Bacon, 1561-1626

Hoy he visto a la bruja que hay en mí. Me he mirado en el espejo mágico y ahí estaba esa cara con la nariz larga y ese lunar tan característico. El espejo sonrió al ver mi perplejidad.

–¿Qué esperabas? En eso te has convertido para él.

–¿Cómo te atreves?

–Le has cortado la hombría.

–La hombría se tiene o no se tiene.

–Tú sigue por esa línea y te dejará por otra.

–No creas que tengo la autoestima tan baja como para hacerte caso.

Me quedé mirando el reflejo. ¿Quién se creía que era? ¿Tendría razón?

Miré a mi amiga que estaba detrás de mí. Sonreía. Me apartó para ver su reflejo. Era otra bruja, las dos nos echamos a reír.

—Menudas brujas somos —dijo casi ahogada de la risa.

El sol había vuelto a Madrid y estábamos en una terraza en la zona de Alonso Martínez. Estaba abarrotada de gente. Los demás clientes estaban casi en silencio escuchando nuestra conversación. Sabíamos que éramos el centro de atención. La chica más cercana a nosotras, que estaba leyendo un libro, ya no pasaba las páginas. En la mesa de la izquierda había un chico guapísimo solo, sentado, tomando el sol, pero su mirada era para nosotras. Dos tías guapas, sexys, reconociendo que eran unas brujas.

El tío bueno llevaba el pelo a lo militar y estaba bueno, muy bueno. Mi picardía interior le sonrió y se puso rojo como un tomate.

Estás oyendo que soy una bruja, pero me sigues mirando. Te gusto, pensé.

—¿Seguro que no hablamos del mismo hombre? —dijo mi amiga—, porque todo lo que cuentas es lo mismo que me pasa a mí.

—Debe ser cierto el dicho ese de «todos son iguales».

—Pero seguro que el mío se lleva la palma. No hace nada derecho. Todo lo que hace luego tengo que arreglarlo yo, y la verdad que estoy cansada.

–El mío no sabe fregar.

–¿Cómo que no sabe fregar? Igual que el mío, ja, ja, ja, ja. Dejó los táperes llenos de grasa y tuve que ir detrás y fregarlos yo. Cuando llego del trabajo, después de hacer la compra, recoger a la niña de la guardería y llego a casa con todo el equipo y el cansancio, me encuentro la pila a rebosar de platos. Teniendo que preparar la cena de la niña y recoger. Me tiene agotada. La última respecto a los platos fue que fui a guardarlos y estaban llenos de grasa. Lo llamé y le dije toda malhumorada: «¿Pero acaso no sabes fregar?».

–¿Y él qué dijo?

–Me dijo: «Lo hago lo mejor que sé».

–Y le contesté –«¿Y lo mejor que sabes hacer es dejarlos con grasa?».

Las dos nos echamos a reír.

–Yo tuve una parecida. Le dije: «Cielo, ¿puedes venir?».

–«¿Para qué?» –contestó con su habitual mala leche de últimamente.

–«Debes venir para que te lo enseñe».

–«Estoy descansando» –me contestó. Respiré hondo. Era el principio de otra pelea.

–¿Y esperaste?

–Sí. Estaba cansada. Y estaba preparada para el enfrentamiento. Estaba harta de evitar las peleas. Estaba harta de mirar por donde pisaba para que no se cabreara conmigo

–¿Y?

–Pues cuando pasaron veinte minutos, lo volví a llamar, y le pregunté si con veinte minutos de reloj era suficiente tiempo de descanso.

–¿Miraste el reloj?

–Sí.

–Yo también lo hago.

Seguimos riéndonos, dándonos cuenta de la cruda realidad.

–¿Y qué pasó?

–Se levantó del sofá con una mala leche del copón. Lo llevé a la cocina, cogí la sartén y le enseñé la grasa que estaba impregnaba en ella, mientras le decía toda suave:

«Cielo, te voy a enseñar a fregar porque veo que no sabes». Cogí la esponja, le puse mucho lavavajillas y me puse a fregar la sartén mientras le decía: «No tengas miedo de echar lavavajillas, no tengas miedo a frotar, así es como se friega, sin miedo».

–Ja, ja, ja. Yo tengo situaciones parecidas.

Las dos seguimos riéndonos.

–Sabía que iba a pagar esa insolencia cara. Estaría una semana sin hablarme y para evitarlo tragaba, pero últimamente ya no me importaban sus cabreos.

–¿Una semana?

–Sí, una semana, y otra más sin sexo.

–Joder. Yo me moriría sin sexo.

–Yo antes me moría y a medida que pasaba el tiempo, me fui acostumbrando y hasta le he llegado a pillar el gustillo a no hablarnos.

–El mío me pide perdón al rato. Me dice que no puede estar mucho tiempo enfadado conmigo y menos dormir sin hablarnos.

–Eso es bueno. Eso quiere decir que todavía hay esperanza con el tuyo.

–¿Qué dices? Pero si estuve casi a punto de irme de casa.

–¿En serio?

–Sí, pero no me fui porque los pisos están por las nubes.

–El mío no se va por lo mismo.

No podíamos parar de reírnos. Había tanta similitud en nuestras historias que, llegado a un punto, le dije:

—Somos unas brujas. Y ella contestó:

—Sí que lo somos, sí.

Risas y más risas.

—Ahora en serio. No pases el umbral. Si lo pasas no habrá vuelta atrás. Si él todavía quiere arreglar las cosas es que te quiere.

—Creo que ya lo pasé. Me lo dijo mi hermana. Ya no tengo paciencia con él. Me saca de quicio.

—No tienes ni idea de lo que es que te ignoren como el mío. Inténtalo.

Nos quedamos en silencio. Vi en su cara esperanza y me alegré, mientras yo la envidiaba. ¡Ojalá mi marido alguna vez hubiese pedido perdón por algo que hubiese hecho mal o intentado estar bien conmigo!

Saqué el espejo y le pedí que me enseñara otra vez mi reflejo.

La imagen había variado un poco. Seguía siendo una bruja, pero una bruja un poco sexy.

El espejo sonrió.

—Le cortaste su hombría y desde entonces te ve como a una bruja.

—No me extraña. ¿Quién se querría acostar con una bruja?

Mi amiga miró al espejo y le espetó:

—¿Acaso no podemos decir lo que pensamos?

—Sí, pero con delicadeza. Sois brutas.

—Nos cansamos de dorarles la píldora.

—Pues ese es el precio que tenéis que pagar – sentenció el espejo.

Me quedé pensativa. ¿Estaba dispuesta a ser otra madre para él? No. Buscaría a otro que me hiciera soñar, y cuando me viera como a una bruja, lo cambiaría.

Volví a mirar mi imagen en el espejo y esta vez me vi preciosa. Empezaba una nueva vida. La decisión estaba tomada. Otro hombre me vería como a una princesa y no como a una bruja.

—¿Has visto al tío bueno del pelo corto? –le pregunté a mi amiga.

—Sí. No deja de mirarnos.

—Será el próximo. Al menos sabe dónde se mete. Me eché brillo en los labios.

Le invitamos a sentarse con nosotras. El pedazo de hombre se sentó a nuestra mesa y nos invitó a una botella de *taittinger brut reserve*.

—Quiero que seas mi bruja. Brindemos por ello –me dijo.

Mi amiga y yo nos quedamos encantadas de poder brindar por lo brujas que éramos.

La flor que ya no habita en mí

Lo que hoy siente tu corazón, mañana lo entenderá tu cabeza. Anónimo

–Tengo un calor en el corazón difícil de explicar –me dijo mi amiga con una copa de vino Ribera del Duero en la mano.

Miró la copa y volvió a saborearlo. El vino era excelente. Las velas en su ático daban un entorno romántico al ambiente y la compañía, inmejorable.

Estaba en la compañía de una de mis mejores quince amigas. Sí, tengo quince mejores amigas. Soy afortunada, lo sé, porque son únicas.

Iba por su segundo divorcio. Todavía estaba en el aire, pero nos conocíamos desde hacía demasiado tiempo para yo saber que iba a ser así.

–¿Lo sabes, no?

–¿Quién? –respondió intentando ocultarme su mirada.

—Mírame. Sabes de qué hablo.

—De todas eres la que más me conoce.

—Pues intenta no jugar conmigo, amiga –le dije sonriendo.

—¿Y qué opinas?

—Ya has tomado la decisión.

—Bueno... tu opinión.

—No sé. Creo que no servirá de nada. De siempre cuando dejas a un chico quedas conmigo a solas e intentas emborracharme con tu mejor vino.

—Me conoces.

—Son dieciocho años.

—Ya.

—¿Y el calor?

—Eso... el calor que debería sentir por Gonzalo lo siento por Lucas.

—¿Desde cuándo ocurre?

—Desde hace un año y medio.

—¿Eres feliz?

—Mucho.

La miré y vi reflejada en su cara pasión, deseo y tranquilidad.

—A mi edad quiero ser feliz. No quiero lidiar con un desconocido. Ya no reconozco en Gonzalo al hombre del que me enamoré. Somos dos extraños conviviendo bajo el mismo techo. Nos estamos llevando por la corriente. Estamos educados el uno para el otro, pero no nos mostramos apasionados.

—Lo siento.

—No lo sientas. Siempre supimos que el amor era así.

—Sí.

—Llega. Te sube, te baja, te enloquece, te entristece y te abandona para ir a buscar a otra persona a quien enfermar. La flor que habita en mí se marchitó.

—¿No era una mariposa?

—Ja, ja, ja, lo que sea.

—Creo que habita todavía en ti, pero apunta hacia un nuevo amor.

—Sí..., un nuevo amor. Un nuevo comienzo. Un nuevo mañana.

El avatar de mis suegros

Algunos están dispuestos a cualquier cosa, menos a vivir aquí y ahora.

John Lennon , 1940-1980

La comida. Llevaba días dándole vueltas a esa reunión familiar.

Es posible que no debiera pensar tanto. La mente a veces nos juega malas pasadas. Así que decidí que pondría todo mi empeño en no quedar a solas con ella, para que no volviera a tener alucinaciones.

La casa estaba impoluta, todo en su sitio a fin de que cuando llegara la tiquismiquis de mi suegra no dejara por los suelos a su hija. Para ese fin contratamos a Mariana.

Pasaban las horas y notaba que Isabel empezaba a estar inquieta. No era habitual que sus padres llegaran tarde. Mientras la observaba desde el otro lado del sofá sonó el telefonillo.

Salió como una bala a abrir. Se quedó en la puerta esperándolos. Me levanté del sofá, metí bien la camisa dentro del pantalón y salí a acompañar a mi estupenda Isabel.

Olí su perfume antes de que saliera del ascensor. Y oí su voz chillona, imitación a pija de la Moraleja, llamarnos por nuestros nombres. Nunca entendí por qué pretendía demostrar que siempre habían sido ricos.

Isabel se estremeció en mis brazos y decidí soltarla del abrazo y cogerla de la mano. Nos convertiríamos en una sola persona. Apoyo moral y psicológico.

–¡Hola, chicos! –saludó dándonos dos besos a cada uno y se apresuró a entrar en nuestra morada.

El padre, comedido como siempre, iba detrás de ella recogiendo su bolso, su chaqueta, todo lo que ella dejaba en el suelo.

–Mamá, estás preciosa –dijo Isabel intentando tenerla de su parte.

–Gracias, hija. Nada del otro mundo, un retoque para quitarme las penas de cumplir años.

–Es bueno cumplir años, mamá.

–Sí, cielo, siempre y cuando te veas joven. A mi edad ya nadie me mira, ni siquiera tu padre.

El padre no dijo nada, desvió la mirada hacia nuestro minibar y suspiró.

Salí en su auxilio y le ofrecí mi mejor coñac. Para estar al lado de una mujer como ella, había que estar borracho las veinticuatro horas del día.

Mariana, como por arte de magia, apareció con un daiquiri para mi suegra. Pensé que no podríamos haber acertado más en su contratación. Se había quedado con la copla de todo lo que le habíamos ido diciendo.

Antes de la comida, mi suegra ya llevaba dos daiquiris encima y yo empecé a temerme lo peor. Estaba alegre y amigable, y vi que Isabel y su padre también se habían relajado. Pero yo empezaba a estar nervioso cuando noté una pierna entre mis partes. El respingo que pegué movió la mesa. Isabel, sentada a mi lado, me pregunto qué me había pasado. Sonreí y bebí un poco de vino alegando que me había atragantado con el cóctel de gambas. Mi suegro me miró y sonrió con benevolencia, y mi suegra me guiñó un ojo.

Ahora estaba seguro del acoso de mi suegra. Lo de la otra vez no fue un malentendido, fue una provocación. ¡Menudo lío!

Intenté alejarme de la mesa, ayudando a Mariana en lo que pudiera. Cabe decir que más que ayudar, la estorbaba, pero no dijo nada; pareció entender mi situación.

Cuando nadie miraba, mi suegra me pellizcaba la mano, el trasero y yo cada vez me ponía más nervioso. Estaba deseando que terminara esa reunión, pero ellos no parecían que tuvieran ganas de largarse de nuestra casa.

El padre, que había llegado de capa caída, ahora estaba muy contento, haciéndome preguntas de todo tipo, y volví a notar una pierna entre mis partes. Pero esta vez nadie sonrió, nadie me miró y yo con la mano sujeté la pierna para descubrir a mi suegra. Pero la pierna desapareció de mi mano.

Fui al baño a refrescarme. Y pasé por la cocina dándole instrucciones a Mariana de servirnos el café en la terraza.

Acomodé a mi suegra en la zona que más sombra proyectaba, ya que debido a su renovación de cara no le podía dar el sol. Era el mejor sitio para mi venganza. Ellos estaban allí a la espera de alguna visita.

Estaba deseando verle la cara cuando descubriera lo que la esperaba. El café fue servido y yo me acerqué a mi suegra para servirle como se merecía y corrí la piedra que estaba cerca del rosal. Vi cómo salían las cucarachas, vi cómo se acercaban a ella y yo fui derechito a mi sitio.

El grito procedía de lo más hondo de su garganta. Isabel la miró con cara de horror, mi suegro ni se inmutó y tres cucarachas hacían de las suyas. Una saliendo de su busto, otra intentando entrar en el orificio de la nariz y la otra se cayó de su cabeza a su taza de café.

Quise reír, pero no pude. Mi suegra saltó, se quitó los bichos de encima y empezó a soltar una sarta de improperios. Se fue corriendo al baño e Isabel salió detrás de ella. El padre me miró y me guiñó un ojo.

—Juan, un día de estos tenemos que salir de marcha tú y yo.

—¿De marcha, señor?

—Sí, de marcha, y deja de llamarme señor –dijo, mientras se acercaba a mí. Tengo un grupo de amigos que solemos salir por la zona de Chueca, deberías apuntarte. Lo tenía enfrente mirándome a los ojos y me cogió de la mano. Sentí un escalofrío recorrer todo mi cuerpo y mi mejor amigo, el que se encuentra entre mis piernas, se encogió hasta quedar a la altura de la sombra de un lunar.

Nana

¿Por qué esta magnífica tecnología científica, que ahorra trabajo y nos hace la vida más fácil, nos aporta tan poca felicidad? La repuesta es esta, simplemente: porque aún no hemos aprendido a usarla con tino

Albert Einstein, 1879-1955

Se desperezó en su cama de dos por dos. Pensó que era hora de levantarse. Hacía media hora que Nana le había ido despertando cada cinco minutos. Miró a través de las cortinas y descubrió un día hermoso, las descorrió y se deleitó con la exquisitez del diseño de su habitación. La decoradora había realizado un buen trabajo. Era ya hora de desayunar. Ese desayuno que llevaba encima de la cama hacía exactamente dos minutos. Nana era lo mejor que le había pasado.

Nunca se oía a Nada mientras realizaba las labores de casa. Era silenciosa a más no poder.

Terminó su desayuno y se dispuso a ir a la ducha. Pasó cerca de un jarrón chino de la dinastía Ming. «Caro», pensó, pero viendo el resultado, merecía la pena.

Toda la casa de dos plantas estaba diseñada y decorada para que todo estuviese a su alcance. Hoy no se ducharía, se bañaría. Afortunado de tener ducha y una bañera a la vez, separados por una mampara enorme.

–Nana, baño –sentenció.

La bañera empezó a llenarse de agua mientras Adrián estudiaba su imagen en el espejo. Acarició cada abdominal que tenía. Le había costado tenerlos, así que era justo disfrutarlos. ¿No sería un poco narcisista?, pensó.

Se ayudó con el sujeta manos de cromado que tenía a su izquierda. Ya, dentro de la bañera, Adrián se sumergió hasta el fondo, pensando que estaba en una piscina. Disfrutó del baño. Diez minutos después, como si hubiese estado esperando en la puerta, Nana le dijo:

–Adrián, es hora de salir de la bañera.

–Nana, un poco más.

–Según mis cálculos, es contraproducente para ti permanecer más tiempo en el agua.

–Estoy en una bañera, Nana.

—Lo sé, Adrián, tu piel puede sufrir alteraciones. Y debo protegerte.

—Sí, debes protegerme de mí mismo. Pero creo que llevamos el tiempo suficiente como para saber que nunca me haría daño.

—Los humanos sois impredecibles, nunca sabéis lo que haréis de un minuto a otro.

—¿Estás pensando solo?

—Mi cerebro positrónico me lo permite.

—¿Ah, sí?

—Tú me elegiste así. Seleccionaste la parte de las tres reglas, una más, que fuera lo más humana posible.

—Tienes razón, pero también debes obedecerme. Te recuerdo la segunda ley de los robots. Un robot debe obedecer las órdenes que le son dadas por un ser humano.

—Lo hago, siempre y cuando no entre en conflicto con la primera ley. Que dice…

—Ya sé lo que dice. Un robot no debe dañar a un ser humano o, por su inacción, dejar que un ser humano sufra daño. Así que crees que si me quedo más tiempo en el agua, sufriré daño.

—Es posible.

—A veces pareces más humana que robot.

—¿Eso es un cumplido?

—No sé…, supongo. ¿Te gustaría ser humana?

—No.

—¿Por qué?

Nana no articuló palabra. Se quedó quieta y muy erguida.

—Nana

—Sí, Adrián.

—Toalla.

Nana le pasó la toalla y siguió a su lado pese a que sabía que Adrián estaba molesto.

Había intentado entender a los humanos, pero por más que lo intentaba más desconcertada se quedaba. Inventan unas leyes para saltárselas. ¿Entonces para que las inventan?

Nana sabía que no debía contrariar a su creador. Nana pensaba. Nana podía tomar decisiones sola. Lo descubrió el día que Adrián tuvo el accidente.

Adrián sabía que Nana pensaba, sabía que eso estaba prohibido, sabía que Nana no se lo haría saber.

Cada mañana se repetía la misma escena, Nana se encargaba de despertarlo cada diez minutos, y ya en el cuarto de baño volvían a tener la misma discusión.

Lo bueno de los robots era que no se cansaban de escucharte y no se cansaban de decirte todos los días lo mismo.

Ha sido una velada estupenda, pero de momento no estoy capacitado para profundizar más

Un amigo en la vida es mucho. Dos son demasiados. Tres son imposibles. La amistad necesita cierto paralelismo de vida, una comunidad de pensamiento, una emulación de fines.

Henry Brooks Adams, 1838-1918

Hablaba con una amiga que estaba estresada. La habían despedido del trabajo. Hacía un año que se había divorciado. Y veía el futuro oscuro, muy oscuro. Y estaba cabreada por algo que había dicho un amigo suyo:

«Por cada mujer guapa, hay un hombre que está harto de follársela».

Estaba indignada por la frasecita de los cojones.

–¿Cielo, no crees que a nosotras también nos pasa?

–¿Cómo? –respondió.

—Que por cada hombre, listillo, estúpido, gilipollas, bocazas como tu amigo, hay una mujer harta de follarlo y soportarlo.

Se rio a carcajada limpia. Me gustó verla relajada.

—Me alegra que estés mejor.

—Escribiré una lista de cosas que no me gustan de la gente y la publicaré en Facebook —me dijo riéndose todavía.

—Deberías.

—Hay un blog de un tal Greg Simmons que me gusta. Pero no sé si es tía o tío.

—Es fácil saber si es tía o tío, depende de cómo escriba. O en su defecto, alguna foto.

—No tiene foto. Y escribe historias de hombres y de mujeres.

—¿Ah, sí? ¿Es el mismo Greg Simmons que escribió *Noche helada*?

—Sí.

—A día de hoy nadie sabe si es hombre o mujer.

—Alguien lo sabrá. Su editorial, por ejemplo. Alguien la o lo habrá visto.

–Supongo. Es bastante ambiguo, pero las cosas que escribe me gustan. Espera, me conecto y te leo lo último que ha escrito.

Se metió en internet y busco el blog de Greg Simmons. Y nos sentamos a leer lo que había escrito.

La pregunta eterna: ¿Que buscan las mujeres?

Algunas personas dicen que a veces ni siquiera nosotras lo sabemos. En mi caso, puedo decir que siempre supe lo que no quería. Y lo que quería lo dejé a la imaginación.

Muchas mujeres saben lo que quieren y van a por ello y es digno de mi admiración. Y eso os aseguro que a muchos hombres los asusta. Pero no a todos.

Una mujer busca un hombre inteligente, guapo, listo, cariñoso, atento, cercano, accesible, romántico y, a ser posible, que tenga dinero. Buscamos el prototipo de hombre que nos han enseñado los cuentos, los libros y las películas.

Queremos a un Viggo Mortensen del *Señor de los Anillos*, con todas esas cualidades. Queremos a Richard Gere en *Pretty Woman* rescatándonos. Eso es lo que se nos ha enseñado. Así que no comprendo cuando algunas personas dicen que no entienden lo que algunas mujeres queremos. Queremos lo que se nos ha enseñado a aspirar y un poco más.

Y además queremos que comparta las labores de casa, que haga la compra, que bañe a los niños, que se tumbe en el sofá cuando lo hacemos nosotras, no antes.

Queremos que se vaya a la cama cuando nosotras, no que se vaya antes y nos deje recogiendo.

Queremos que se acuerde de nuestro cumpleaños, aniversario, día del primer beso, del día de nuestra regla y compre Nutella y varios chocolates.

Queremos que sea nuestro mejor amigo, que nos abrace cuando tenemos un día malo, que nos haga reír.

Queremos que sea la última persona que veamos por la noche y la primera al despertarnos.

Queremos que sea capaz de hablar de sus sentimientos, que nos haga sentir que somos la persona más importante para él.

Que tenga iniciativa, que nos trasporte a un mundo mejor.

¿Todo eso es complicado? No, es fácil. Si nosotras somos capaces de hacer todo eso por un hombre, esperamos que ellos también sean capaces de hacerlo por nosotras.

Sé que no es fácil encontrar a un hombre que cumpla todas esas características, pero intentemos elegir el que más se parezca al hombre de nuestros sueños. Porque luego cuando la realidad se haga patente, el camino será duro.

Yo siempre pensé que la felicidad era algo innato en el ser humano; me equivoqué, la infelicidad es lo más innato en el ser humano. Pues debemos luchar por ser felices, debemos trabajar por nuestra felicidad.

Que elegimos estar solas porque no nos conformamos con un hombre que tenga el cincuenta por ciento de lo que buscamos. Es respetuoso. Porque deberíamos elegirlo si tuviera el ochenta por ciento de las cualidades, como los bancos, que te conceden el ochenta por ciento de la hipoteca. Por algo será. Te aseguro que ellos no pierden. Así que hagámosle caso en cuanto a tanto por ciento.

Hay muchos hombres con ese porcentaje, solo hay que saber mirarlos a los ojos y encontrar ese punto. Y sobre todo, no dejar de hacer caso a nuestro sexto sentido, porque hay muchos lobos con piel de cordero y sabemos todas que nuestro sexto sentido nos avisa. En nuestras manos está salir corriendo por mucho que nos guste el susodicho.

Lo que buscamos las mujeres depende de la edad, por regla general.

A los 20 años queremos pasarlo bien, disfrutar de la vida y conocer muchos chicos guapos.

A los 30 años queremos elegir al hombre de nuestros sueños. La persona que será el padre de nuestros hijos, la persona que estará a nuestro lado. Y nos complemente.

A los 40 años elegimos con inteligencia. Es la vez que mejor elegimos. Lo hacemos con realidad, experiencia y con seguridad.

¿Entonces deberíamos dejar nuestra elección para los 40 años? Cada uno que haga lo que deba hacer.

Hay personas que tienen la suerte de encontrar a su tanto por ciento sin complicaciones. Se conocen y todo va sobre ruedas. Se complementan y son el uno para el otro. Ellos lo tienen más fácil porque cuando Blancanieves se coma la manzana, él, el Príncipe irá a despertarla. Ella, Blancanieves, esperará sabiendo que tarde o temprano será despertada por un beso del mal sueño.

Los malos momentos llegarán porque la felicidad en sí no existe, pero es bueno saber que la persona que tienes al lado te cogerá de la mano y juntos podréis vencer a los molinos de viento.

Deseo que cada persona, al menos una vez en la vida, encuentre esa persona que la haga soñar, que la convierte en mejor persona. Que cuando estés con él o ella, oigas la banda sonora de tu vida. Esa canción que os acompañará el tiempo que estéis juntos.

In memory of love...

Greg Simmons

–Está fácil; es una mujer. Habla en primera persona –dije.

–En este habla como una mujer, pero hay otros en que habla como hombre. Por eso te digo que no sé cuál es su sexo. Todos los post son en primera persona y hay veces que es hombre y veces que es mujer.

–Eso está bien. Así nadie se siente discriminado. Ha inventado el nexo entre hombres y mujeres.

–Tienes razón –me respondió mi amiga.

–¿Vas a hacer la lista de cosas que no te gustan de la gente?

–Ahora mismo. La verdad es que estoy harta de que la gente vaya a su bola y no le importen los sentimientos de los demás.

–Es verdad. Y cada vez más gente se está convirtiendo en egoístas potenciales.

Me fui a la cocina a preparar té para mí y una tila para ella. Estaba un poco alterada y necesitaba tranquilidad. Ella se quedó en el ordenador escribiendo las cosas que no le gustaban de la gente.

–Tómate esta tila, que te vendrá bien.

–Gracias. Ya tengo la lista.

Nos pusimos a leerla.

<u>Cosas que no me gustan de ti y nunca me atreví a decírtelo</u>
- No me gusta que no me llames después de una cita.
- No me gusta que no me mires cuando hacemos el amor.
- No me gusta mandarte un wasap, que no me contestes, y vea que sí chateas con otros.

▪No me gusta que siendo mi amiga coquetees con los chicos que me gustan.

▪No me gusta que no tengas código de la amistad y no respetes mis novios. Mis amantes son míos y no los quiero compartir.

▪No me gusta que no me llames después de una noche de sexo, me haces sentirme como una puta.

▪No me gusta que no apuestes por mí, te podrías sorprender.

▪No me gusta que empieces a comer antes que yo, es de mala educación.

▪No me gusta que solo te acuerdes de mí cuando tu instinto animal asoma por tu mente

▪No me gusta que me digas que soy tu mejor amiga y luego siempre me dejes colgada, porque creo que la amistad hay que regarla como a las plantas; si no se mueren.

▪No me gustas cabreado o cabreada y que no seas capaz de hablar. Somos animales racionales, y debemos usar nuestro magnifico poder de comunicación: el habla.

 No me gusta…

—¿Qué te parece? —me preguntó.

—Está muy bien. Lo de las citas da mucha rabia. Recuerdo cuando estaba en el mercado. Al día siguiente esperando que te llamara o te mandara un mensaje; desaparecían sin más.

−Siguen haciéndolo. Lo normal es que, si no piensas quedar más con una persona, le digas: «Ha sido una velada estupenda, pero de momento no estoy capacitado para profundizar más». Cualquier persona lo entendería.

−Ya. Y lo de las amigas es fuerte. ¿Te acuerdas de esa amiga que teníamos y no sabía respetar el novio de las demás?

−Sí, me acuerdo. Se sentó en las piernas del novio de Ruth y coqueteó con él. Hasta que Ruth lo sacó de ahí a hostias.

−¿Qué será de ella? Espero que no siga haciendo lo mismo. Porque lo hizo varias veces. Le cogió el teléfono al amante de Sonia y nunca se supo para qué.

−No lo recuerdo, ¿qué paso?

−¿No te acuerdas del amante que tuvo Sonia que tenía media melena?

−El argentino, ¿no?

−Sí.

−Un chico guapo donde los haya. Estaba como un tren.

–Pues estando en el pub Alonso, ella empezó a flirtear con él. Y Sonia delante y él le dio su número de teléfono.

–¿En serio?

–Sí. E hizo mucho más. No respetaba a nadie. Era muy egoísta. Los sentimientos de los demás le daban igual. Al final nadie la invitaba a las fiestas.

–No me extraña.

Repasó la lista y la subió al Facebook.

–¿Qué opinas de Greg Simmons?

–Este post me ha gustado.

–Yo creo que tiene razón en este post. Ahora estoy más preparada para afrontar una relación, con madurez y confianza. Lo malo es que ellos no lo están. Creo que salen del divorcio como almas que lleva el diablo para volver a vivir su segunda juventud. Mientras nosotras salimos queriendo vivir nuestra madurez.

–Sí. Salen con chicas más jóvenes, se compran un descapotable o una moto. Se apuntan al gimnasio. Quieren volver al punto donde lo dejaron.

—Ya te digo –nos reímos–. Lo malo es que muchos lo consiguen. Salen con chicas más jóvenes, se compran descapotables o motos.

—¿Te acuerdas de ese amigo conocido que tuve que salía de una relación a otra y siempre iba de victimista?

—¿El súper macho? ¿Al que las mujeres no entendían? ¿El que salía con chicas más jóvenes porque eran más fáciles de manejar? ¿El que una mujer de su edad le cortaba la hombría?

—Vale. Sí, sabes quién es.

Nos miramos y volvimos a reírnos.

—Pues se casa de penalti. Ha encontrado la horma de su zapato. Estaba con ella y con tres más cuando la futura esposa le dijo que estaba embarazada. Le costó asimilarlo, pero como la chica era de ideas convencionales lo obligó a casarse.

—El cazador cazado.

—Sí, el cazador cazado –le respondí tomando lo poco que me quedaba de té.

Madre estresada busca...
Ibiza

La fuerza de una familia, como la fuerza de un ejército, se funda en su mutua lealtad.

Mario Puzo,1920-1999

Ser madre es bonito. Ser madre es y será tantas cosas que no podría escribirlas en un relato corto. Necesitaría toda la vida para poder explicar lo que es. Porque ni es como en las películas ni es como muchas madres hacen creer a otras. Ser madre es muy duro.

Lo que voy a contar ocurrió el mes de julio de 2012.

Mi bebé mayor tenía dos años y cinco meses y el pequeño siete meses. Con todo lo que conlleva para la sociedad, me fui unos días de desconexión.

Sí. Me fui.

Mi segundo bebé llegó por cesárea igual que el primero. En el 2010 tuve mi primera cesárea y en el 2011 la segunda.

A los quince días me quedé sola en casa, con mis puntos, un bebé de veinte meses y un recién nacido.

El de veinte meses se volvió más bebé y necesitaba más atención. Lloraba mucho y se volvió más mimoso. Comprensible. Tenía el síndrome del príncipe destronado, así pues, le hacía mucho caso, para poder compensarlo.

Por las mañanas lo llevaba a la guardería y al bajar del coche, no quería andar, me decía:

—Mamá, brazos, brazos.

Y yo lo cogía en brazos. Bebé pequeño en el Maxi cosi en un brazo y bebé grande en el otro brazo. Sudando en pleno invierno la gota gorda. Así eran mis mañanas. Al final, el dolor de los puntos lo sentía, pero muy lejano, ya que el dolor de los brazos era más acusado.

Analgésicos para los puntos y para mis dolores musculares.

Mi vecina, Yolanda, se compadeció de mí y por las mañanas me bajaba al mayor junto con su hijo. Así pude tener más tiempo para el pequeño, la casa, el trabajo y respirar.

Trabajo. Soy autónoma... Ya sabéis lo que significa en los tiempos que corren. Hay ciertas cosas que no me puedo permitir. ¿Baja maternal? ¡Ja! He tardado cuatro largos años para tener mi cartera de clientes y que me hagan caso.

Mi trabajo es un trabajo que es al momento. Te entra un casting y debes realizarlo ya. Te entra una opción, y es al momento. Así es el mundo de la moda. Un *booking* no puede esperar. Igual que con mi primer parto, a los pocos días si me pedían presupuesto, trabajaba. Si había un *booking* lo hacía, porque ese era el pan que mis hijos iban a traer al mundo. Mucho trabajo por parte de sus padres.

Cuando terminó mi maternidad, me puse al ciento veinte por ciento para ponerme al día. Trabajaba con mi recién nacido en brazos. Y por las tardes con los dos.

Los clientes llamaban, y cuando oían los lloros me decían:

—Te mando un correo.

—¿Qué tal los nenes?

—¿Estás dando el pecho?

—¿Qué tal lo llevas?

Formaban parte de mi vida y no me quedaba otra que compartir mis momentos. Mandaba los correos que hicieran falta, pero había clientes que sí querían hablar, así que no podía dejar de cogerles el teléfono. Y al final se creó un vínculo, tanto con mis clientes como con los actores y modelos. Muchos se compadecían de mí. Otros alababan mi tenacidad y gran esfuerzo del día a día.

Pasaban los meses y yo me estresaba cada día más. Apenas dormía. Las noches de domingo a jueves hacía la guardia. Daba el pecho al pequeño, biberón al mayor, y cuando volvía a la cama, me costaba dormir.

Levántate al día siguiente sin apenas dormir, un día y otro y otro, y trabaja. Estate con los niños, trabaja con ellos. La casa. Mi nivel de estrés se acentuó.

Hay una secuencia de *Sexo en Nueva York II*, donde Charlotte, estresada por sus hijas, se mete en la despensa a llorar. Yo hacía lo mismo, pero en vez de meterme en la despensa, salía a la parcela a llorar, mientras los dos estaban dentro gritando como locos. Ese momento me mantenía cuerda, porque después de llorar dos minutos (más no podía), volvía con ellos con las pilas recargadas con mucho amor y paciencia.

Fui al médico, y me mandó una cura de sueño y un tratamiento. Me dijo que bajo prescripción médica debía descansar y dedicarme tiempo a mí misma, ja. ¿Cómo?

Mi estrés llegó a tanto que un día, estando en la cocina con mi marido, le dije:

–Cari, sé que está siendo duro ser padres, ¿por qué no te vas un fin de semana para descansar y luego yo me voy otro?

Me miró con cara de pocos amigos.

–No necesito ir a ningún sitio.

Tragué saliva.

Hacía dos meses que le venía pidiendo ayuda. No debería ser ayuda, sino compartir, porque ni la casa es solo mía, ni los hijos solo míos. Pero sí que le pedí ayuda.

Con los dos bebés tuve que aprender a organizarme como podía. Y mantenía todo en su sitio para no tener que recoger. Pero por alguna razón que desconozco, mi marido, cuando llegaba a casa, me la desordenaba. No le pedía que recogiera, sino que la mantuviera tal y como la encontraba. No había manera. Llegaba del trabajo y se tumbaba en el sofá para echarse la siesta porque decía que estaba agotado.

Discutíamos y mucho. Le recriminaba su egoísmo. Que, si él se sentía cansado, cómo debía de estar yo, que no dormía, que trabajaba por las mañanas con un hijo y por las tardes con los dos. Que recogía la casa, preparaba la comida, lavaba la ropa, planchaba etc. Tenía ayuda. Venía Mariana tres veces por semana, dos horas. Pero eso en una casa grande no es suficiente. No me preparaba la comida, ni me ponía lavadoras, ni me hacía las camas todos los días, ni me cuidaba a los niños, ni trabajaba para mí. Así que cuando mi marido me dijo que tenía ayuda, casi lo mordí.

Nuestra relación se deterioró bastante. Apenas nos hablábamos, y cuando lo hacíamos, era para recriminarnos. Y él iba mirando las cosas que iba dejando para decirme:

–Cari, si yo no puedo ir dejando las cosas por la casa, tú tampoco. A lo que le contestaba:

–La diferencia radica en que al día siguiente lo recojo yo y no tú. Quien recoge puede dejar las cosas donde quiere. Tú no recoges porque estás cansado y yo no recogeré tus cosas.

Ese día en la cocina no pude explicarle cómo me sentía. Las palabras me habían abandonado. Estaba agotada de pelearme con él. Estaba agotada de que no me entendiera. Estaba agotada de no dormir. Y las lágrimas brotaron de mis ojos. No podía dejar de llorar; y por primera vez, se quedó sin palabras.

Al día siguiente vino del trabajo suave. Recogió los juguetes de los nenes, estuvo atento conmigo y mientras preparaba la cena, me sirvió una copa de vino.

–He pensado que tú necesitas más descanso que yo. ¿Por qué no te vas un fin de semana a Ibiza a descansar con Susi?

Me quedé mirándolo y le contesté:

–No necesito ir a Ibiza, solo quiero dormir, me conformo con irme a un hotel a dormir veinticuatro horas.

–También necesitas desconectar. Ibiza es un buen sitio para ello.

–Seguro que lo es, pero no puedo dejarte solo con los nenes, es mucho trabajo para ti.

–No te preocupes, llamaré a mi madre, que estará encantada de ayudarme. Pero necesitas desconectar, nunca te había visto en este estado. Además, esta noche haré la guardia.

Esa noche dormí. Dormí, dormí, dormí, buah.

Al día siguiente, me sentía mejor, así que no pensé en Ibiza.

Mi marido le mandó un mensaje al Facebook a Susi para prepararme una sorpresa y mandarme a Ibiza. Pero Susi no miraba el Face, así pues, mi marido tuvo que contármelo.

—No localizo a Susi, le mandé un mensaje por Facebook para concretar el día que pudieras irte. Y no tengo su teléfono.

—Pero que no hace falta que me vaya, ya estoy mejor. Si duermo un par de días más, estaré mejor.

—Te irás de todos modos. ¿Qué día quieres irte?

Me sentí culpable, como si los abandonara. Llamé a mis amigas y todas coincidieron en que debía irme, que lo necesitaba mentalmente. Así que llame a Susi e Ibiza me esperaba.

A las 01:30 llegué a la isla pitiusa. El calor, la humedad, el olor, el color, la gente. Mi cuerpo se activó. Cogí un taxi hasta la casa de Susi. Ella me esperaba en el portal, mientras se despedía de su última conquista.

No nos acostamos hasta las cinco de la mañana poniéndonos al día. Y a las nueve de la mañana bajamos a desayunar.

El plan era tranquilo para que yo pudiera descansar.

Camino de la playa nos encontramos con su conquista. Se llamaba como mi marido. El tipo de hombre con el que nunca habría salido. El típico hombre con que siempre le hemos dicho que debería salir. ¡Dios! todas estarán encantadas si se convierten en pareja, y yo más.

Luis me gustó, majo, educado, bien vestido, no un perro flauta con los que a ella le gusta salir. Este era un hombre que te llevaría a lugares exquisitos y te trataría como a una reina. Dicho y hecho.

Nos mandó a la playa D'Embossa y que preguntáramos por un tal Valentín, y que le dijéramos que íbamos de su parte. Que él se pasaría.

Llegamos.

El chico nos dio una hamaca y sombra en la primera línea de playa. Prácticamente mis pies tocaban el agua. Hamacas blancas, música suave y un Long Island ice tea para mí y un cosmopolitan para Susi.

Desconecté, me bañé, me reí, me relajé.

Luis vino unas tres horas más tarde y nos trató como a reinas. Las cervezas, refrescos corrían de su cuenta. Nos mimó y yo me quedé dormida mientras ellos se ponían al día de sus besos.

Al despertarme, vi que se estaban bañando acaramelados y eché de menos compartir ese momento con mi marido. El hambre me quitó de mi ensimismamiento. Susi y yo decidimos ir a comer mientras Luis volvía al trabajo.

Comimos unas hamburguesas y volvimos a la playa.

La música ya había subido de vatios. Los *walking dead* estaban apareciendo por las esquinas bailando. Y por un momento me sentí fuera de lugar. Y decidimos irnos.

Cenamos prontito, y a las once de la noche ya estábamos en la cama.

Al día siguiente ella trabajaba a las diez de la mañana. Bajé a la playa cerca de su casa a pasar el día.

Compré periódicos, revistas de moda y revistas de cotilleos para ponerme al día.

Una hamaca, sombra, periódicos, revistas y agua. Así empezó mi mañana.

Leí y leí. Dormí y dormí. La tranquilidad de ese momento no tenía precio.

A las dos horas de estar ahí me percaté de la presencia de una mami. Llevaba un carro de gemelos. Los mecía intentando que dejaran de llorar; a su lado, un señor de más o menos su edad y una señora mayor. La mami tenía cara de pocos amigos. Estaba enfadada, cabreada. Vi en ella el reflejo de mi propia imagen. Estaba estresada.

Me compadecí de ella.

Cogí otra revista dispuesta a devorar todas sus páginas, y en ese momento se presentaron tres chicos con sus toallas y se colocaron delante de mí a pocos metros.

Observé a través de mis gafas cómo me contemplaban. Seguí a lo mío, pero no pudieron contenerse y el macho alfa se acercó a mí, mientras los machos betas se quedaron a la expectativa.

–¡Hola!

Lo miré y pensé en ser desagradable.

–¡Hola!

–Me llamo M y no he podido dejar de deleitarme con tu belleza.

–¡Ja!, Ja, Ja! Esa frase la inventé yo, pensé.

Sonreí.

–Y yo G.

–Bonito nombre. Es italiano, de cerca de mi región. ¿Eres italiana?

–Sí, es italiano, pero no soy italiana.

–¿Cómo llevas nombre italiano?

–Es una larga historia.

–Tengo todo el tiempo del mundo.

–Yo no.

–¿No?, ¿por qué?

–Porque he venido a descansar.

–¿A Ibiza? Aquí se sale y uno se divierte.

Lo miré. Le sonreí. En el pasado ese era el prototipo de chico con el que me habría enrollado. Guapo a rabiar. Alto, se podía lavar la ropa con sus abdominales. Estaba moreno, muy moreno, ojos marrones verdosos, media melena y unos dientes blanquísimos. Y ese castellano-italiano… ¡Uah! Aquellos maravillosos años en que me los comía de dos en dos.

—Ya, pero tengo dos bebes que me estresan, así que he venido a descansar.

Silencio.

—¿Y has venido sola?

—Sí. Sola.

—¿Y no te apetecería salir con nosotros esta noche? Vamos a ver el partido España-Italia. Serías muy bien recibida.

—No, gracias. Lo veré con mi amiga.

—¿Pero no has dicho que estás sola?

Me estaba cabreando. Respiré.

—Mi amiga vive aquí y estoy en su casa. Sola, sola no estoy.

Silencio. Calibra lo que me dirá.

—Para ser una mamá con dos bebés estas buenísima.

–Silencio. Sí, es el tipo de hombre que me llevaba antes a la cama. Poco seso y mucho musculo.

Sonreí.

–Gracias.

–Quería dar por terminada la conversación, pero él se quedó de pie a mi lado mirándome. La situación empezaba a ser incómoda para mí.

–Piénsatelo, nena. Nos lo pasaremos muy bien.

Ya no sonreía.

La mami que estaba a mi lado me preguntó:

–¿Tienes dos hijos?

Le sonreí.

Sí.

–¿De cuánto tiempo?

–El mayor, dos años y cinco meses y el pequeño, siete meses. Se llevan veinte meses.

La mami sonrió. Me miró con cara de cómplice. El italiano de playa se dio por aludido y se marchó a su toalla.

Me relajé.

–Los míos también se llevan veinte meses. Te vi apurada y decidí ayudarte. Son como moscas.

–Gracias. Ya no sabía cómo quitármelo de encima. Un poco más y hubiese sido desagradable con él. He perdido la práctica.

Me acerqué a los nenes que estaban durmiendo y les sonreí.

–Qué guapos son. Los míos también son varones.

–¿Y dices que estás de vacaciones sola? ¿Cómo lo has logrado?

Me reí a carcajadas y ella también. La vi relajándose.

–Esto no son vacaciones. Esto es una mierda. Mientras yo estoy aquí sola con ellos, mi marido y mi suegra están en el chiringuito.

–¿Por qué no vas con ellos?

–¿Has oído la música infernal? Los nenes se despertarán y empezarán a llorar, por no escucharlos me quedo aquí.

–Pues cuando venga tu suegra te vas un rato con tu marido.

–Mi suegra no se queda nunca con los niños, dice que la estresan.

Me dio pena.

–Dime cómo lo has conseguido. Poder irte de vacaciones sola. Quiero lo mismo que tú.

—Estaba muy mal. Muy estresada, me dio un ataque de ansiedad.

—Yo también estoy estresada y no me han regalado un viaje a Ibiza. Han añadido a mi suegra al viaje. Esto no son vacaciones. Esto es sufrir. Las vacaciones con niños no lo son.

—Lo sé. Por eso me viene bien venirme sola, para que luego cuando nos vayamos de vacaciones familiares esté descansada.

Se quedó en silencio. Vi tristeza en sus ojos. Unas lágrimas que estaban a punto de asomarse.

—¿Sabes qué?

Silencio.

Carraspeó. Tragó saliva.

—¿Qué?

—Intenta organizarte el año que viene para tener aunque sea un fin de semana libre. Eso no te convierte en mala madre. Si estás bien, podrás adorar más a tu familia.

Sonrió.

—Tienes razón.

—¿Te encargas tú de ellos todo el día?

—Nooo, ahh, no podría. Los adoro, pero me estresan mucho.

Trabajo media jornada y se encarga Penélope. Ella llega a casa y les da el desayuno. Limpia la casa y cuando yo llego, ya han comido y están echándose la siesta. Por las tardes me toca estar con ellos, llevarlos al parque. Te aseguro que el rollo del parque me mata. Madres abnegadas con sus hijos, madres tontas, madres repipis, madres…, madres, ¡uf!

–Te entiendo. Yo siempre digo que soy una madre diferente. Con mucho amor para mis hijos, pero diferente.

Estábamos en la misma sintonía y la veía más relajada.

–Y piensa que tienes ayuda y que desconectas al ir a trabajar. Yo trabajo todo el día con ellos.

–¿En serio?

–Sí. El mayor va a la guardería de nueve a una. Mientras está en la guardería, yo trabajo con el pequeño. A la una recojo al mayor y le doy de comer e intento que se eche la siesta. Estoy con los dos hasta las ocho, que llega mi marido.

–¡Dios mío! ¿Cómo lo haces? Odio dar de comer a mis hijos. Es muy estresante. Me tiran la comida, manchan todo.

—A mí no me queda otra que hacerlo, no tengo ayuda.

—Te compadezco.

—Lo sé.

—Te acordarás de mí cuando estés de vacaciones. No es lo mismo porque en casa tienes de todo, las tronas, las comodidades para poder cuidar a tus hijos. Aquí en el apartamento no tengo nada de eso. Y me las veo para poder atender a los dos. Esta noche me moriré, porque mi marido bajará a ver el partido y me quedaré para bañarlos y darles la cena.

—No pienses así. Porque antes de nada ya te estás estresando. Piensa que es un juego. Bañarlos, darles de comer, acostarlos. Todo es un juego y verás que todo sale mejor. Y ellos te lo agradecerán.

Nos quedamos en silencio.

Vimos cómo se acercaba su marido y yo decidí que era hora de ir a por un bocadillo.

Levantarme de la hamaca fue, supongo, que espectacular, porque tenía a varios grupitos mirándome. El grupo de los italianos incluido. Iba a ponerme algo de ropa para acercarme al chiringuito, pero mi vanidad pudo más. Fui en bikini contoneando mis caderas. Este cuerpo había que enseñarlo después de dos partos y volver a mi talla 36. Me sentía divina. Me sentía sexy. Me sentía poderosa.

Un bocadillo de media barra de jamón serrano del mejor bellota que tenían en la carta. Un litro y medio de agua. Un sueñecito oyendo las olas suaves del mar y silencio. Era feliz.

Mi zona estaba vacía. Se había ido el matrimonio con los nenes y la suegra. Los ligones playeros estaban dormidos. Apenas quedaba nadie a nuestro alrededor.

Le mandé un mensaje a mi marido:

ALEXIA
+346000001
Hamaca 15€, sombrilla 10€, bocadillo de jamón de bellota 20€, agua mineral 3€.
Estar tumbada en la playa sola comiéndolo no tiene precio;
para lo demás nuestra Master Card.
Te quiero.

Se lo envié con una foto mía tumbada en la hamaca.

Y me contestó.

ALEJANDRO
+346100000
Saber que estás disfrutando
y seguramente leyendo
muchos periódicos,
revistas y algún otro libro de tu Kindle,
eso sí que no tiene precio

> porque ahora mismo eres feliz.
> Te esperamos y deseamos
> que vuelvas. Te queremos,
> tu marido y tus dos hijos.

Sonreí.

Me mandó otro mensaje.

> ALEJANDRO
> Volverás, ¿no?

Me reí a carcajadas. Desperté al macho ibérico que estaba delante de mí. Me miró.

—¿Estás bien? —me preguntó.

—Sí. Siento haberte despertado. Estoy mensajeándome con mi marido.

Su semblante cambió. Se dio la vuelta y siguió durmiendo.

Fue una tarde apacible.

Mi amiga vino a recogerme después del trabajo. Nos quedamos viendo el atardecer y supe que a lo largo de mi vida me pediría unas vacaciones sola.

Aquella noche, España se proclamó campeona de la Eurocopa. Vimos el partido en casa tranquilamente; y después, a dormir.

Los días habían pasado rápidamente y debía volver a casa.

Deseaba volver a ver a mis retoños. Y sabía que no iba a echar de menos estar en Ibiza. Había descansado mental y físicamente. Estaba preparada para irme a casa.

Mi última mañana, desayuné a la orilla del mar. Leí dos periódicos y me despedí de mi estancia.

Taxi al aeropuerto. Avión que sale con retraso. Yo ansiosa por ver a mi familia. Tres horas después estaba en Madrid.

Mi hijo mayor, al verme, gritó:

–¡Mamá! –Vino corriendo hacia mí–. Pero al llegar donde estaba yo, lo único que quiso fue llevarme la maleta. Le pedí un beso, me dio el beso, pero insistió en llevar la maleta. Media hora para salir de Barajas. A mi marido se le veía más enamorado, y mi bebé no paraba de sonreír.

Sí. Debería irme una vez al año para ver esa mirada tierna en los ojos de mi marido.

La lealtad que ha mostrado en mí dejándome mi espacio y enviándome de vacaciones hace que crea más en él.

Una oportunidad... al amor

Los amores mueren de hastío, y el olvido los entierra.
Jean de la Bruyère, 1645-1696

–Me siento mal. Le he dado un mal consejo a una amiga.

–¿Qué le has dicho?

–Le he dicho que el amor no existe, corroborando lo que ella pensaba.

–¿Por qué lo has hecho? –me preguntó mi marido.

–Supongo que en el fondo creo que no existe.

–Pero si tú eres una persona romántica. Es imposible que no creas en el amor. Sientes y padeces en función del amor.

Me callé, lo miré y me quedé en silencio.

El coche avanzaba por la neblina. Se notaba el frío dentro. Subí la calefacción y seguí mirando la niebla que cada vez era más densa. Es lo que tiene Soria. Estábamos llegando a Medinaceli y la temperatura se hizo notar.

Paramos en la primera gasolinera. Bajé del coche para ir al baño, mientras mi marido surtía el coche de gasolina.

Casi me di de bruces con un señor. Tendría más o menos cuatro años más que yo. Sentí cómo su mirada me desnudaba. Que no podía moverse de mi espacio vital, y la boca desencajada. Le gusté. Entré en el baño. Al salir admiré su coche, el cual había dejado enfrente de la puerta de los servicios. Un BMW. No es mi marca favorita de coches, pero debo decir que era un modelo elegante.

Al acercarme a mi coche, mi marido me dio el monedero para que entrara a pagar y así pedir factura.

Un chico me abrió la puerta, y me dio los buenos días. Me acompañó hasta la caja registradora. Educado, atento. Me gusta eso. Me gusta que la gente sea así.

Mientras le daba mis datos para la factura, me sentí observada. Giré la cabeza y allí estaba, mirándome. Me sonrió, le sonreí y se metió en un despacho. Le gusté.

Entré en mi coche, que conducía mi marido, y nos marchamos de ese lugar.

–Ese hombre debe estar forrado.

–¿Quién? –pregunté.

–El dueño de esta gasolinera, el tal Marcelino.

–¿Cómo sabes que es el dueño? Yo pensé que era el encargado, que casi se da de bruces conmigo.

–Lleva un coche que vale sesenta mil euros.

−¿Ese coche? Bueno es solo un BMW, si fuera Mercedes, otro gallo cantaría.

−Ya sé la predilección que tienes por los Mercedes, pero reconoce que ese coche tenía la clase que tú aprecias en los objetos.

−Tienes razón, creo que es el primer BMW que me compraría si tuviera diez millones de pesetas. Sesenta mil euros, joder, con eso puedes comprar una casa en la playa.

−Seguramente tenga, y muchas más cosas. Para comprar un coche de esas características, debes tener dinero para mantenerlo.

−Me parece una aberración gastarse tanto dinero en un coche.

−Si tienes dinero te lo gastas en lo que te gusta.

−Eso para vosotros es importante, el coche −le apremié.

−No me digas que no te harías un súper vestidor si tuvieras el dinero para ello.

−*Touché*.

−Vamos hablando el mismo idioma. Todo depende lo que más anheles.

−Creo que le he gustado. No ha parado de mirarme.

No dijo nada. Seguimos el camino a Medinaceli.

Al llegar, el pueblo parecía un pueblo fantasma. Eran las diez de la mañana y no se veía un alma a quien preguntar por la oficina de turismo. Anduvimos buscando a quién preguntar. Había un coche de gasoil repostando en una casa rural y rezaba en su publicidad: «Gasoil Marcelino».

Mi marido iba hacia la catedral cuando distinguí a un señor que iba con la bolsa de pan.

—¡Buenos días!, ¿es usted de este pueblo?

—Podría decirse que sí.

—¿Podría indicarme dónde está la oficina de turismo?

—Claro, está bajando la callejuela esta, siguiendo recto; luego tuerza a la izquierda, se encontrará de frente un monumento y gire a la izquierda–. Ya no lo escuchaba, demasiadas indicaciones para acordarme. Debió de darse cuenta.

—Mejor los acompaño. De todos modos, puedo hacerles de guía, que no tengo nada que hacer. Y me pilla de paso.

—Gracias.

Me pareció amable y en mi corazón brotó un lugar para él.

Nos enseñó la catedral por fuera. Estaba cerrada y nos dijo que no había presupuesto para tener a una persona al cuidado y abrirla para los visitantes. Que se abría en fechas especiales. Le pregunté si el Cristo de Medinaceli estaba dentro de la catedral. Me dijo que sí. Pero que había dos Cristos, el de Nazaret y el de Medinaceli, y que la gente confundía a uno con el otro. El de Medinaceli estaba a la izquierda del altar, y el de la derecha era el Nazareno. Nos comentó curiosidades, que el Cristo de Medinaceli había sido expuesto por todo el mundo, África, Europa, Asia etc. Nos enseñó el lugar donde dieron el indulto a un escritor que fue uno de los amigos de Mussolini. Nos contó historias de la Iglesia católica. Que ese pueblo tan pequeño llegó a albergar hasta tres iglesias…

El antiguo pueblo era precioso. Toda la edificación en piedra, las calles de piedra. Callejuelas que inspirarían cualquier historia literaria. El castillo convertido en cementerio, donde nos dijo que reposaban los restos mortales de su esposa.

Después de hacernos un buen recorrido nos llevó hasta el arco árabe. Y al final nos dejó en la puerta de la oficina de turismo, tras aconsejarnos sobre lo que debíamos seguir viendo.

Con ayuda del mapa de la oficina de turismo terminamos la visita y abandonamos un pueblo que nos había encantado.

No sabía cuál era nuestro destino, así que tampoco pregunté. Me gustan las sorpresas. Adoro las sorpresas. Si son buenas.

Pasamos un día maravilloso en Zaragoza. Visitamos *la Pilarica*, subimos al mirador de la catedral, nos hicimos fotos con el belén tamaño natural y disfrutamos viendo a los niños montados en camellos. Y al anochecer, hicimos el camino de vuelta.

Tres largas horas nos quedaban hasta casa. Así pues decidí amenizar el viaje.

–¿Qué es el amor para ti?

–Vaya pregunta. ¿Cómo que qué es el amor para mí?

–Sí, dímelo.

Él se calló. Es un tema del cual le incomoda hablar. No le gusta expresar sus sentimientos. Pero creo que era un buen entorno para hablar de ello. Estábamos lejos de casa. Estábamos viajando y podíamos charlar amigablemente. Y si era posible, saber que le pasaba por su mente.

–Pues el amor es un sentimiento que se profesan dos personas. La afinidad que tienen.

–También lo pueden profesar los animales.

–Sí.

–¿Qué más?

–¿Cómo que qué más? ¿Qué es el amor para ti? –preguntó él.

–El amor es un sentimiento parecido a la locura que te hace sentirte vivo, que te transporta.

–Eso es el enamoramiento. ¿Por qué no lo buscas en google?

Teníamos un largo camino de vuelta, así que saqué el móvil y busqué.

–Busca definición de amor –me dijo.

–Vale.

Tecleé y esperé. Mala cobertura, más paciencia.

Leí. Según Wikipedia.

> El amor es un concepto universal relativo a la afinidad entre seres, definido de diversas formas según las diferentes ideologías y puntos de vista (científico, filosófico, religioso, artístico).
>
> Habitualmente, y fundamentalmente en Occidente, se interpreta como un sentimiento relacionado con el afecto y el apego, y resultante y productor de una serie de emociones, experiencias y actitudes. En el contexto filosófico,

el amor es una virtud que representa toda la bondad, compasión y afecto del ser humano. También puede describirse como acciones dirigidas hacia otros y basadas en la compasión, o bien como acciones dirigidas hacia otros (o hacia uno mismo) y basadas en el afecto.

–Bueno, es más parecido a lo que yo he dicho que a lo que tú has dicho.

–Sí, supongo que hablo del amor romántico.

–Hablas del enamoramiento. Lo que no me gusta es la palabra «apego». No me gustaría que me dijeras que sientes apego por mí. Busca más definiciones.

Seguí tecleando, buscando una definición que nos encajara a los dos.

Busqué y busqué. Al final de tanta búsqueda nos quedó claro que yo creía en el amor romántico, y él en el amor universal.

–Busca apego –me pidió.

Se hablaba del apego materno, etc. así que decidimos cambiar de parecer e ir a por el amor romántico.

Según Richard David Precht, filósofo alemán de nuestro tiempo, quien ha vendido más de dos millones de ejemplares de su libro *Amor: Un sentimiento desordenado*, dice:

> El amor romántico lo anhelamos pero no existe. Ha escrito que es un sentimiento contradictorio y hay que distinguir bien entre amor y enamoramiento.
>
> No tienen nada que ver los elementos químicos que entran en funcionamiento cuando uno se enamora de otra persona, cuya fase tiene una duración máxima de tres años, y otra lo que sientes por alguien cuando le amas. (Precht, Solingen*,* 1964. Información recogida en *El País Digital*).

–Busca amor romántico en Wikipedia –me dijo, mientras adelantaba un camión por la autopista.

> El amor romántico es uno de los modelos de amor que   fundamenta   el matrimonio monogámico y las relaciones de pareja estables de las culturas modernas, principalmente las occidentales.
>
> El amor idealizado es considerado como un sentimiento diferente y superior a las puras necesidades fisiológicas, como el deseo sexual o

la lujuria, y generalmente implica una mezcla de deseo emocional y sexual, otorgándole, eso sí, más énfasis a las emociones que al placer físico, a diferencia del amor platónico, que se centra en lo espiritual. Algunos analistas recientes inciden en que las características más señaladas de este tipo de amor se confirman y difunden a través de relatos literarios, películas, canciones. Se trata de un tipo de afecto que, se presume, ha de ser para toda la vida (te querré siempre), exclusivo (no podré amar a nadie más que a ti), incondicional (te querré pase lo que pase) e implica un elevado grado de renuncia (te quiero más que a mi vida).

–Ese es el tipo de amor del que hablas ¿no?

–Más o menos. Tiene críticas, ¿quieres que las lea?

–Sí, me parece interesante.

Críticas

Según ciertos analistas modernos este modelo de amor idealizado crearía falsas expectativas y conduciría irremisiblemente a la frustración y al fracaso afectivo, al confundir apego (que es un estado afectivo perdurable) con enamoramiento (que es un proceso previo al apego y de menor duración).

Según esta perspectiva de análisis psicosocial, el amor romántico se basaría en la anulación a través de la renuncia de uno mismo, y sería la base, en cierta medida, de la violencia en el noviazgo.

Así, y según estas teorías, aunque originalmente el amor romántico habría supuesto un estímulo para la emancipación femenina, al haber la mujer interiorizado un rol social incompatible con la felicidad, terminaría atrapada en una maraña invencible de obligaciones, que le dificultaría finalizar la relación o aceptar el duelo que supone la ruptura, debido a presiones de la sociedad, de la familia o de ella misma. Otra cuestión fundamental en este sentido es la educación desigual entre los géneros, de manera que el mundo de los afectos (del cultivo de la intimidad) se plantea en la cultura occidental como parte de la cultura de las mujeres, lo cual tiene consecuencias ambivalentes; quizá una de las más perversas sea el sometimiento en las relaciones de pareja heterosexual.

Conclusiones parecidas han sido deducidas desde un análisis antropológico materialista, poniendo de relieve un desfase cultural del concepto de amor romántico. Según estas tesis, este desfase cultural vendría derivado de la no evolución del concepto de amor, frente a enormes divergencias entre el entorno socio cultural en que se apareció (la edad media), y los tiempos contemporáneos.

—A eso me refería, que el romanticismo crea falsas expectativas.

—Ya, por eso yo estoy frustrada. Pero aun con todo lo que pone Wikipedia, yo prefiero seguir creyendo en el amor romántico. Quiero seguir estando enamorada.

No dijo nada. Esperé y al ver que no se dignaba a contestar, le pregunté:

—¿Tú no quieres estar enamorado siempre?

—Ya sabes que soy como un témpano de hielo. A mí esas cosas me dan igual.

—Gracias. No sé cómo pretendes que me abra a ti cuando sueltas lindezas como estas. Me dices que lo vas a intentar, que vas a luchar por nuestro matrimonio, que vas a intentar volver a enamorarme, ¿y me sueltas esto?, ¿qué esperas que piense?, ¿qué esperas que haga?

–Lo siento. Olvida lo que he dicho.

Me callé. Tenía ganas de llorar, pero sabía que, aunque lo intentara no caería ni una sola gota. Están secas. Se han ido. Estoy seca.

–¿Por qué no buscas «cómo enamorar a mi mujer después de casi once años de matrimonio»?

Os sorprendería la cantidad de respuestas que hay en google.

Llegamos a casa. La temperatura había descendido. En Madrid se estaba mejor. Nos tumbamos en el sofá, cogimos el portátil y seguimos buscando artículos sobre enamorar a la mujer con la que llevas muchos años.

Encontramos esto: «El amor desaparece después de diez años y once meses de matrimonio».

Nos reímos a carcajadas. Y seguimos leyendo:

> El verdadero amor dura para siempre, decían los investigadores hace un tiempo. Ahora, un nuevo estudio demuestra que, durante el matrimonio, el amor tiende a desaparecer después de exactamente diez años y once meses.
>
> Aunque el estudio parece negar la existencia de la llamada «ansia de siete años», también trae algunas malas noticias a aquellas

parejas que creen que pueden ver su futuro en las estadísticas.

Alrededor de tres mil parejas casadas tomaron parte en la nueva encuesta citada por el *Daily Mail* y la conclusión es que, después de casi once años de vida matrimonial, las cosas suelen ir peor para los maridos. Por supuesto, las razones de por qué sucede esto son evidentes: rutina, demasiado tiempo juntos y, lo último, pero no menos importante, dan por hecho la existencia de la pareja.

Una cuarta parte de los encuestados dijeron que su matrimonio había perdido su chispa porque ya no salen juntos ni tienen gestos románticos. Una quinta parte de todas las parejas que participaron en la encuesta se quejaron acerca de su vida amorosa, diciendo que habían llegado a un punto donde ya no encontraban a la pareja suficientemente atractiva. Y el doce por ciento no podía recordar la última vez que su pareja les había dicho algún tipo de cumplido. Además, seis de cada diez de las parejas casadas dijeron que a menudo sentían la necesidad de que se les recordara de una forma u otra por qué se habían casado y por qué la rutina les había desgastado.

«Hay que ser una persona especial para salir por un momento de la vida cotidiana y darse cuenta de que hay que hacer un pequeño esfuerzo para mantener la llama viva», dijo un portavoz del sitio web de citas que pidió la encuesta. El mismo portavoz subraya que uno de los mayores problemas de las parejas es una vida amorosa viciada. «Esta es un área que cae en el olvido después de varios años de matrimonio», concluyó.

–Entonces nos queda poco a nosotros, exactamente once meses, según dice esta página de Softpedia –me dijo.

Respiré hondo.

–Nos queda un poco más, porque no llegamos a vivir juntos hasta el año de conocernos, así que nos queda un año y once meses.

–Sí, es verdad.

–Pero yo creo ser una persona lo suficientemente especial para vivir enamorada muchos años.

–Lo sé. Porque según las estadísticas el enamoramiento dura entre tres y cuatro años, y tú has estado más tiempo enamorada.

–Sí, y no gracias a ti, es solo porque soy especial.

Cambié de tema.

—Vamos a seguir buscando qué debo hacer para enamorar a mi mujer.

Estaba cabreada por dentro. ¿Tenía que preguntarle a google cómo volver a enamorarme? Joder, ¿después de casi once años no me conocía? Si yo quisiera enamorarlo, sabría cómo hacerlo sin preguntarle a «papá google». Pero no era el caso. Él no necesitaba estar enamorado. Era feliz tal y como estábamos. La que quería más, la que no era feliz, era yo.

Respiré por la nariz y exhalé por la boca.

Había varios artículos sobre «lo que deberías hacer para enamorar a tu mujer después de que la rutina entrara en vuestra vida». Nos empapamos de muchas cosas, y al final le dije:

—Esto no deberías buscarlo conmigo. Deberías hacerlo solo y sorprenderme. Enamorar a una persona se logra a base de ingenio, de sorpresas. Tienes que currarte las cosas. No debe ser como ayer que me preguntaste si me apetecía ir a Salamanca. ¿Recuerdas que te dije?

—Sí.

—¿Qué fue?

—Que debería sorprenderte y no decirte a dónde íbamos, sino llevarte. Y eso es lo que hice. Al final te llevé a Zaragoza haciendo una parada en Medinaceli, porque sé que en los viajes te gusta parar y visitar los pueblos que pasan por nuestra ruta. Que para ti llegar no es lo más importante, sino disfrutar antes de llegar.

–Pues eso es. Si quieres enamorarme, haz que me sienta sorprendida, no que esté aquí leyendo lo que vas a hacer.

–Pero es que no sé lo que quieres. Al menos lo estoy intentando y te estoy pidiendo ayuda sobre cómo hacerlo, y no quieres.

Ya se había enfadado.

Qué duro es mantener una relación con este hombre.

Me fui a la ducha. Deseaba desesperadamente el alivio del agua recorriendo cada rincón de mi anatomía.

Entró en el baño cuando me estaba secando, con el iPhone en mano. Es la prolongación de sus extremidades. Lo miré.

–¿Cuál es la diferencia de antes y ahora?

–¿Qué? –respondió mirando la pantalla de su iPhone.

–Que me gustaría saber por qué ahora iba a funcionar y las otras veces no funcionó, no nos encontramos, lo intentamos, pero no funcionó.

Siguió tecleando su iPhone.

–¿Te importa hacerme caso? Te estoy hablando –le increpé.

–¿Qué quieres que te diga?

–Quiero que me digas qué ha cambiado de las otras veces.

–No lo sé.

–¿No lo sabes? Por favor, si te hablo, te agradecería que me miraras a la cara, que dejaras el móvil un momento. No se irá de tu lado.

Dejó el móvil de mala gana. Me miró y noté en sus ojos la rabia. Lo sabía, iba a estallar y estalló.

–Deja de atacarme. ¿No puedes dejarlo estar? ¡Joder!

–No te he dicho nada malo.

–Es como lo dices.

–¿Cómo lo digo?, ¿Cómo quieres que te lo diga?

–Más suave, con más tacto, joder –me estaba gritando.

–No me grites –le espeté.

–Es que me sacas de mis casillas.

–¿Ves como no puedo decirte nada? Me sacas las uñas por cualquier cosa.

–Debes aprender a decir las cosas.

–O sea ¿qué debo decir las cosas para que no te enfades? ¿Te estás oyendo? Y deja de gritarme.

Hubo silencio. Solo se oía el sonido del agua cayendo sobre su cuerpo. Ese cuerpo que desearía que se fundiera todos los días con el mío. Ese cuerpo que ya apenas era mío.

–No sé por qué no podemos tener la fiesta en paz – me dijo después de una larga pausa.

La culpa es mía, ¿verdad?

Salí del baño. Mi grado de decepción subió un peldaño más. Estamos llegando poco a poco a la última estación.

Estaba acurrucada en el sofá viendo una película que no veía. Con doble infusión relajante en el cuerpo. Con un amago de lágrima ya seca en la comisura de mis ojos.

Se acurrucó a mi lado.

–Lo siento.

–Más lo siento yo –le contesté.

–No debí ponerme así.

–Ya –articulé.

Me quedé en silencio. Me abrazó y me abandoné en esos brazos que sabía que poco a poco dejarían de ser míos.

¿Dónde estoy? ¿Dónde me dejé?, ¿me abandoné porque me casé con alguien que cree que es un témpano de hielo respecto al amor? Quiero encontrarme.

¿Desde cuándo es un témpano? ¿Ya era así? ¿Qué pasó?

Me siento deprimida, no quiero hablarlo ¿Para qué? El tren ya partió y el freno de seguridad está estropeado, no podrá parar ya. Ya no tengo fuerzas, tirar tanto tiempo del freno agota.

Quiero encontrarme y llorar. Y llorar, y pedirme perdón. No sé dónde encontrarme.

Espero que mi corazón venga a mí para poder padecer y sentir.

Lloro. Lloro y no paro de hacerlo. En silencio. Mi yo romántica no sale.

Busco un arma poderosa. La música. Sé que necesitaré algo más que eso, pero es un buen comienzo. Pesos pesados de la música romántica. Duetos, Whitney Houston, Celine Dion, Mariah Carey, Leona Lewis. Il divo,

Frank Sinatra. Toda la música romántica que Spotify puede ofrecerme.

Las canciones golpeaban la puerta de mi corazón. Fuerte. La puerta estaba cerrada a cal y canto. Quiero encontrarme, necesito encontrarme. Llevo mucho perdida. Miro en mi interior y sé que empieza a asomar una cabecita al oír las canciones románticas. Pero desconfía. Sabe que la he aplastado tanto que la he dejado en una nimiedad. Sal, por favor, le pido. Me mira con miedo.

—«¿No me volverás a echar de tu lado?».

—Lo prometo, te he llamado para que te quedes. Me he sentido incompleta sin ti. No he sido yo. Te necesito. Sola me siento desesperada. Te necesito para que me devuelvas a mi ser.

—«¿Ya no sabes llorar?»

—No. Ya no sé vivir.

La miro a los ojos y veo la luz que me falta a mí. Veo la esperanza, veo el soñar, veo las palabras bonitas y los buenos momentos. Veo lo que siempre he soñado.

¡¡Estoy viva!!

Mujeres infieles

El otro

La mitad de nuestras equivocaciones nacen de que cuando debemos pensar, sentimos, y cuando debemos sentir, pensamos. Proverbio británico

Estoy a punto de cumplir los cuarenta. Se supone que tengo todo lo que necesito en esta vida. Claro, siempre y cuando se suponga que se puede tener todo.

Tengo un buen trabajo. Una estabilidad emocional que me ha costado adquirir y sobre todo un compañero que me complementa. O eso pensaba.

Siempre te dicen que cuando llegas a los cuarenta, tendrás madurez. Que sabrás mucho de la vida. Y sí, sabía más sobre la vida, pero me di cuenta de que todavía me quedaba mucho por aprender.

En mi matrimonio las cosas van bien y, a veces, llego a creérmelo. No tenemos hijos. Así que disfrutamos de una vida casi sin complicaciones.

Nuestra vida se ha convertido en algo monótono. Supongo que como la de la mayoría de las parejas. La mía quise cambiarla, pero mi compañero no me seguía, así que decidí desistir después de varios intentos. Pero me siento a gusto con la vida que llevo.

Nuestras relaciones sexuales han descendido en los últimos años. No es que me queje, pero a veces desearía tener más encuentros sexuales. No sé si eso fue lo que me llevó a estar donde estoy ahora.

Todo cambió el día que me encontré con un exnovio. No había vuelto a pensar en él en los últimos años. Sabía de su existencia por medio de amigos comunes, pero nunca nos vimos en años.

Nos dimos de bruces en pleno centro de Madrid. Me alegró verlo y él pareció alegrarse al verme. Como teníamos prisa, los dos hablamos rápidamente y nos dijimos lo típico, cuánto tiempo, cómo estás y banalidades que suelen intercambiarse cuando llevas tiempo sin ver a una persona. El repaso de nuestra vida fue breve. Me dio su tarjeta y como no llevaba la mía encima, quedamos en que lo llamaría para darle mi teléfono.

No pensé en hacerlo, realmente no teníamos nada que contarnos, porque amigos no habíamos sido después de nuestra relación.

A última hora de la tarde cambié de opinión y lo llamé. No contestó y le dejé un mensaje en el buzón. A los dos minutos de dejar el mensaje me llamó. Me dijo que estaba en el tren y que no tenía cobertura pero que al escuchar el mensaje decidió llamarme al momento.

Estuvimos charlando como diez minutos. Me hizo un interrogatorio de tomo y lomo y cuando supo que estaba casada no dejó de preguntarme si era feliz. Yo no dejaba de decirle que se había convertido en todo un hombre. No entendíamos cómo habíamos perdido contacto durante tanto tiempo. Le recordé que se había cabreado conmigo. Él no lo recordaba.

Me sentí muy bien al hablar con él, así que por la noche antes de acostarme le envié un mensaje que decía:

ÁFRICA
+346999999
Hacía tiempo que no me
alegraba de encontrarme
con alguien. Es bueno saber que
vuelves a mi vida. Espero que
lo que nuestro amor no superó
lo supere nuestra amistad.

No obtuve respuesta hasta el día siguiente.

ALBERTO

+346666666

¡Buenos días! Seguro
que sí, cariño..., quiero que sepas
que yo nunca podría haberme
disgustado
contigo. Es cierto que me he hecho
un hombre; pero sigo siendo
el mismo don Quijote loco,
capaz de ponerse al universo
por sombrero por un sí
o por un no. Y sé que un aspa
de molino podría lanzarme
contra el suelo, pero también
hacia las estrellas.

Me quedé pasmada. Siempre había sido un poeta.

No sabía si contestarlo o no. Simplemente decidí pasar.

Durante todo el día releí el mensaje. Me gustaba.

Pensé que no debía contestarlo por lo menos hasta al día siguiente, como él había hecho conmigo. No quería que notara que había interés por mi parte. Sobre todo, porque estaba casada.

No sé si os habrá pasado sentir una corazonada de las cosas que van a suceder. Tenía la sensación de que debía alejarme de él. Mi sexto sentido me decía que me iba a traer problemas, pero a la vez me seducía ver dónde iba a llegar nuestra nueva amistad.

Al día siguiente, nada más salir de mi casa, le mandé un SMS, Que no contestó.

Y no contestó durante todo el día. Y tampoco al día siguiente y al otro. ¿Estaba jugando conmigo? Yo no dejaba de mirar el móvil. Cada vez que oía un ¡clic!, agarraba el teléfono para ver de quién era el mensaje. Nunca era suyo. Debatí entre llamarlo o enviarle otro mensaje. Pero no podía, la pelota estaba en su tejado. Y en el fondo agradecía que pasara de mí. Todo terminaría sin haber empezado.

Pasada una semana, cuando ya empezaba a superar su «pérdida», me llamó para quedar a comer. A lo que accedí sin pensarlo. Pasó a recogerme al trabajo y entramos en un restaurante que tenía varias cadenas.

La recepcionista que nos llevó a la mesa no le quitaba el ojo de encima. Debo reconocer que era normal, porque siempre fue muy guapo y con los años había mejorado. Las camareras revoleteaban a nuestro alrededor, pero ninguna nos tomaba nota. Tuvo que llamarlas. Y acudieron dos a la vez. Me hizo gracia tanta atención.

No me preguntó qué deseaba comer. Eligió el menú y acertó en todo lo que me gustaba. Sonreí.

—Me gusta tu sonrisa. Supongo que te sigue apeteciendo la misma comida. Recuerdo que cuando fuimos novios veníamos a esta cadena y siempre pedíamos lo mismo, así que perdona si no te he preguntado.

 Me ruboricé. Me gustó la idea de que se acordara de lo que solía comer.

—Está bien. Sigo comiendo lo mismo cuando vengo a esta cadena de restaurantes.

Nos quedamos en silencio.

—¿Puedo decirte una cosa? —me pregunto con un semblante serio.

—Claro.

—Quiero que sepas que valgo mucho. Quiero que lo recuerdes siempre. Cuando salimos no tenía la madurez que correspondía a mi edad, pero quiero que sepas que te quise como un hombre.

Me quedé helada porque no esperaba lo que me dijo. Le contesté.

—Lo sé. Sé que vales mucho, nunca lo dudé.

El silencio volvió a aparecer. Incómodo para mí. No esperaba una demostración de poder nada más sentarnos a la mesa. Rompí el silencio.

—Me ha sorprendido tu llamada porque al último SMS que te envié no me contestaste, así que pensé que allí se acababa nuestro reencuentro.

—Sí que te contesté. Pero lo hice al día siguiente porque pensé que podrías estar con tu marido y no era plan de ponerte en un compromiso.

—Ah —fue lo único que pude articular. Tragué saliva y proseguí. Te contesté a ese mensaje y no obtuve respuesta.

—¡Hum!, porque sabía que iba a quedar contigo.

Nos quedamos en silencio otra vez.

Recordé cuando estuvimos juntos. Yo tenía treinta años y él veinticuatro. Se quedó colgado de mí. Yo lo veía como un chaval y no me planteé en ningún momento tener una relación con él. Nos veíamos mucho y lo pasamos muy bien.

Las tardes que en vez de ir a la universidad venía a mi casa, me cantaba. Traía su guitarra y cantaba canciones que había compuesto para mí.

La historia duró dos años y al final le di carpetazo porque sabía que no iba a ningún lugar.

Seguí mi vida, pero allí estaba él ahora. Más mayor, más guapo, más seguro de sí mismo. Me sentí pequeña.

Comimos y nos pusimos al día de nuestras vidas.

La velada se alargó, no quería dejar de estar a su lado y creo que a él le pasaba lo mismo, porque había quedado y llamó para posponerlo. Yo tenía que volver al trabajo. Pero decidí que no pasaba nada si llegaba un poco tarde.

Nos trajo la cuenta la encargada. Nuestra camarera estaba al fondo con los demás compañeros observándonos. La encargada se dirigió a él.

—¿Por favor, podrías firmarnos un autógrafo para la pared de los famosos?

Yo estaba anonadada. ¿Era famoso?

Salimos del restaurante y anduvimos por las calles. Cuando llegábamos a un semáforo para cruzar, me cogió de la mano y al llegar al otro lado me miró a los ojos y me soltó la mano. Era consciente de lo que estaba pasando, pero apenas quise pensar en ello hasta que cogió su iPod y me dijo:

—Creo que esta canción te va a encantar.

Me puse un auricular en un oído mientras él se ponía el otro. Nos acercamos mucho para que los auriculares no se cayeran de nuestras orejas.

Escuché.

Never knew I could feel like this Nunca pensé que pudiera sentirme así,

Like I've never seen the sky before como si nunca hubiera visto antes el cielo.

I want to vanish inside your kiss Quiero desvanecerme en tus besos,

Every day I love more and more cada día te quiero más y más.

Listen to my heart, can you hear it sings Escucha mi corazón, puedes oír cómo canta,

Telling me to give you everything diciéndome que te lo dé todo.

Seasons may change, winter to spring	Las estaciones pueden cambiar, de invierno a verano,
But I love you until the end of time	pero te querré hasta el final de los tiempos.
Chorus	Estribillo
Come what may	Pase lo que pase
Come what may	Pase lo que pase
I will love you until my dying day	Te amaré hasta el día

de mi muerte.

Suddenly the world seems such a perfect place De repente el mundo parece un

lugar perfecto.

Suddenly it moves with such a perfect grace De repente se mueve con una gracia

perfecta.

Suddenly my life doesn't seem such a waste De repente mi vida no parece un

despilfarro.

But our world revolves around you   pero nuestro mundo

gira alrededor de ti.

And there's no mountain too high   Y no hay montaña

demasiado alta

No river too wide   ni río demasiado

profundo.

Sing out this song   Canta esta canción.

I'll be there by your side   Estaré a tu lado.

Storm clouds may gather   Nubes de tormenta se

pueden formar

And stars may collide   y las estrellas pueden

chocar

But I love you until the end of time   pero te amaré hasta el

final de los tiempos.

Chorus   Repite estribillo

Oh, come what may, come what may

I will love you, I will love you

Suddenly the world seems such a perfect place.

Era una de mis canciones favoritas. De mi película favorita. ¿Tanto llegó a conocerme? –me pregunté.

Escuchamos la canción en silencio mientras andábamos por las calles de Madrid. No sabía a dónde nos dirigíamos y realmente me daba igual. Solo sé que quería estar con él. Cuando terminó la canción le miré a los ojos.

–¿Sabes que es una de mis canciones favoritas y de mi película favorita?

–Cuando vi la película me acordé mucho de ti. Y pensé que de todas las canciones esa seguramente sería tu preferida.

–Y es mi preferida.

–Ya hemos llegado.

–¿Llegado?

–Sí. Aquí trabajo.

–¿Me has traído a tu trabajo?

–Sí. Podemos tomar un café en mi despacho, lo traerá mi secretaria y estaremos calentitos, a no ser que quieras seguir vagando por las calles de Madrid.

Sonreí y él sonrió. Me di cuenta de sus dientes blancos y perfectos. De sus ojos verdes y grandes. Sentí que podía perderme en ellos.

Debió de darse cuenta porque cuando pude abrir la boca estaba ya en el ascensor. Y me saltó una pregunta. Una pregunta que se me saltaría muchas más veces. Pero no me atreví a seguir pensando en ello y, en cambio, le hice una pregunta que ya sabía.

−¿Cuántos años tienes ya?

Sonrió y me perdí en sus ojos.

−Seguimos teniendo la misma diferencia de edad.

−La verdad que se te ve más adulto, más hombre.

Se rio a carcajadas y eso me relajó. Habíamos llegado a su oficina.

En la entrada, una recepcionista elegante, guapa, alta, parecía una modelo, nos recibió con una sonrisa «profidén». Me sentí insegura. Anduvimos por un pasillo y en el lado derecho había varios puestos de trabajo. La gente me miraba y él los saludaba con una mano, mientras me mantenía sujeto por el codo llevándome a su despacho.

Su despacho era casi como el salón de mi casa. Enorme y bien decorado. Parecía uno de esos despachos de las revistas de moda.

−Aquí nos sentiremos más tranquilos −me dijo.

Yo no hablaba, solo lo miraba. Hizo unas llamadas y nos quedamos el uno frente al otro. Sin hablar. Me di cuenta de que estaba temblando.

Charlamos y nos reímos, pero cada uno en su lugar. Nos trajo café una secretaria que quitaría el hipo a cualquier hombre y sería la envidia de todas las mujeres. Me hizo sentirme vieja. Pareció que él notó mi malestar.

–Estás guapísima, no has cambiado nada.

–Ya, pero no me siento tan joven, me siento mayor y fea.

–Je, je, je. Tú siempre en tu línea. Estás muy guapa.

Se acercó a mí y me abrazó. Me quedé en ese abrazo sin ganas de querer soltarlo. Pero me di cuenta de que me estaba comportando como una adolescente y me solté. Entonces él me cogió la cara entre sus manos y noté que algo iba a ocurrir si no me daba prisa por salir de esa situación. Pero fue demasiado tarde. Ya me había besado. Ya estábamos besándonos como dos chiquillos, con pasión. Fue uno de los besos más largos que he tenido en mi vida. No queríamos dejar de besarnos, pero algo en mí detuvo todo aquello. Me separé de él. Me quedé mirándolo.

–Lo siento, lo siento. No pude resistirme, lo siento. Perdóname –me dijo.

–No pasa nada, no tenía que haberte dejado hacerlo.

–Échame la culpa, porque he sido yo quien lo ha hecho.

Intentamos seguir charlando como si nada, pero después del primer beso todo fue casi a peor. No podíamos seguir charlando como si nada hubiese pasado. La tensión se notaba mucho más ahora que antes. Yo me había alejado hasta el sofá de piel marrón que tenía en su despacho. Intentaba ordenar mis ideas, mientras él hablaba de trivialidades. Se levantó de su asiento y se sentó a mi lado en el sofá.

–Lo siento mucho.

Alcé la vista para mirarlo y… nos volvimos a besar. Pensé que íbamos a hacer el amor en ese sofá.

No estaba segura de lo que estaba haciendo, pero no podía controlarme. Conseguí reunir fuerzas de donde no las había para intentar comportarme y largarme de allí.

Él también se alejó a su escritorio. Me miraba y veía adoración en sus ojos, pero no me podía fiar de lo que veía en ese momento. Me atusé el pelo, cogí mi abrigo, bufanda y me fui.

Salí de su despacho volando. Literalmente volando. No sabía adónde iba, no sabía qué hacer. Anduve por las calles como una sonámbula hasta que sonó mi móvil.

—¡Hola!, ¿estás bien?

—No lo sé.

—¿Dónde estás?

—En Plaza España.

—Espérame, que voy.

—No. Necesito tomar un café, algo caliente. Creo que me he quedado helada.

—Tardo cinco minutos, estoy al lado, en Gran Vía esquina San Bernardo. Por favor, espérame.

—Vale.

No sé por qué dije vale. Tenía que haber escapado de allí, pero me quedé esperándolo.

No tardó en llegar hasta donde estaba yo. Tenía el semblante serio. Me cogió del brazo y echamos a andar.

—¿Adónde vamos?

—Aquí mismo, a mi casa.

—¿A tu casa?

Mi voz sonó ronca, como si me estuviera ahogando. Me miró y dijo.

–No va a pasar nada, te lo prometo. Pero no has visto la cara que tienes. Tomaremos un café y charlaremos de lo que ha ocurrido y de lo que no debe ocurrir nunca más.

Entramos en el edificio Madrid. El ascensor era de cristal, y podíamos ver el edificio casi enfrente, el edificio España.

Siempre quise vivir en cualquiera de esos edificios. Vivía en el piso ochenta y siete. Yo seguía en trance mientras subíamos.

Entramos en su casa y me pareció acogedora.

No tenía televisión y el sofá era blanco. Me dio miedo sentarme por si lo manchaba.

–Siéntate mientras preparo un poco de café.

Charlamos, nos reímos y pensé que la tensión se había evaporado. Hablamos un poco de mí, de lo que había hecho en los últimos años. Hablamos de él. No tenía novia y estaba abierto al amor.

Esta vez fui yo quien lancé la primera piedra, no pude evitarlo. O no quise evitarlo. Solo tenía que dejar de mirarlo a los ojos. Pero no era fácil.

Lo besé y me correspondió. Nuestras bocas eran almas gemelas. A veces pasa que cuando besas a un chico, no sabe abrir bien la boca, no sabe besar, te besan como unos pajaritos a picotazos. Él besaba como a mí me gustaba. Me puso a horcajadas encima de él. Había tanta pasión que pensé que iba a sangrar de tanto succionarnos.

Me levantó en volandas y me llevó hasta su dormitorio. Me quitó la ropa y empezó a besar cada centímetro de mi piel, desde la cara bajando por mi cuello, despacito, bajando hasta el ombligo, siguió bajando. Y yo gemí y sonó a un lloro.

—¿Estás bien? —me preguntó.

—En el cielo —sonreí.

No paró de acariciarme. Notaba su erección debajo de los calzoncillos.

Ya había estado en ese momento con él. ¿Por qué arriesgarme? Pero el momento pudo más conmigo que el hecho de saber que no era el tamaño que me gustaba. Pequeña erección, pequeño tamaño.

Estaba preparada para recibirlo. Apenas lo sentí, pero notaba sus embestidas contra mi cuerpo. ¿Dónde estaba? Lo noté en una de las paredes de mi vagina. Estaba ahí, pequeña peleona. Empecé a sentir. Pese a ser pequeña me iba a transportar a la casa del placer. Peleo y peleo y lo sentí llegar. Entre jadeos me besó, me acompañó hasta la puerta y me dejó que llegara antes que él.

Después me metí en su ducha, quería limpiarme bien y así despejar mi mente. No entendía lo que había hecho.

Me pasó la toalla y me sacó en brazos de la bañera. Me besó y yo deseé seguir.

Al salir de su casa, me dijo que era mejor no decir cuándo nos volveríamos a ver, lo que acepté de buena gana. Primero tendría que darme cuenta de lo que había pasado y cómo iba a afrontarlo.

Iba camino a mi casa y pensé que iba a marearme de las imágenes que tenía en mi cabeza. Al llegar me metí en la ducha. Me lavé a conciencia, intentado eliminar todo rastro de él. Y eso que me había bañado en su casa. Quería el olor a mi gel, quería sentirme segura con mis olores cotidianos.

No esperaba tener noticias suyas esa misma noche, pero sí las tuve.

Me envió un SMS preguntándome cómo me encontraba. Le dije que bien. Estuvimos mensajeándonos hasta que oí el ruido de la puerta. Era mi marido. Me hice la dormida. No podía mirarlo a la cara.

Pasaron los días, con sus correspondientes largas noches. Andaba por las nubes. No entendía qué me había pasado. Yo que siempre me consideré una mujer fiel. Con tantos hombres que habían intentado ligar conmigo y voy y caigo a la primera de cambio con alguien que hacía años que no veía.

Tenía necesidad de contárselo a alguien y no podía. Me sentía morir por dentro. En el círculo al que pertenecía no estaba bien visto airear los trapos sucios. Si te pasaba algo, te lo guardabas para ti.

Mi primer ataque de ansiedad lo tuve un viernes al salir del trabajo. Me quedé a tomar unas cañas con los compañeros y de repente me dio un bajón tremendo. Me marché sin terminarme la segunda cerveza. Salí corriendo a meterme en el coche y llorar.

No recuerdo cuánto tiempo estuve llorando en el coche. Me sentía asfixiada. Tenía ganas de llamarlo, pero no debía.

No sé cuánto tiempo me quedé en el coche llorando y llorando. El fin de semana se me presentaba negro. Muy negro.

Pasaron dos semanas sin saber nada de él. Había aguantado sin llamarlo. Y la ansiedad iba remitiendo poco a poco. Había tenido tiempo de pensar en lo que hice y cada vez que lo pensaba, me sentía fatal. Esperaba que con el tiempo pasara pronto todo. Pero lo echaba mucho de menos.

Ya me estaba haciendo a la idea de que no volvería a saber nada de él, cuando sonó mi teléfono. Era él.

Sonaba preocupado y no dejaba de preguntarme si me encontraba bien. Le contesté que sí.

—¿Entonces bien de verdad? —me preguntó.

—Sí, estoy bien, gracias.

—¿Te apetece que quedemos?

—Claro. Si quieres mañana podemos comer juntos –contesté sin pensármelo.

—¿De verdad?

—Claro que sí.

Quedamos a las dos de la tarde. Pasaría a buscarme al trabajo. Pero me iba a llamar antes. Y pensaba decirle que quedáramos en el restaurante, porque no quería que nadie de la oficina me viera con él. No quería dar explicaciones.

Aquella noche dormí plácidamente, como hacía varios días que no dormía. Estaba tranquila, iba a verlo y eso me llenaba de alegría.

Me puse guapa. Me maquillé a conciencia eliminando mis primeras arrugas. Quería sentirme joven a su lado. No quería que se diera cuenta de la diferencia de edad. Pensé en vestir más juvenil, pero opté por unos pantalones de pinza, una camisa blanca y un chaleco negro. La etiqueta de mi trabajo no me permitía ir más de *sport*.

No quiso quedar lejos de la oficina, vino directamente a buscarme a la puerta. Me estremecí al verlo. Me gustaba a rabiar.

Fuimos a comer a un restaurante pequeño cerca de mi oficina. La camarera nos sentó en un reservado.

Me sentí bien al estar delante de él, pero a la vez me sentí fatal porque sabía que no me iba a librar de todo este lío.

Me miraba embelesado y yo absorbía la profundidad de su mirada.

Me comentó que había quedado conmigo para ver con sus propios ojos cómo me encontraba, que ahora que lo sabía era mejor que nada más volviera a pasar. Que en el futuro quedaríamos a tomar un café, pero allí debía terminar todo porque no quería ser el otro.

Sabía que era lo mejor, pero a la vez me daba pena.

Al levantarnos para irnos, él cogió mi abrigo y me ayudó a ponérmelo. Al levantarme el pelo para colocarme bien el abrigo, me besó en la nuca. Todo mi cuerpo se electrizó y me entró un calor sofocante, pese al frío que hacía. Al darme la vuelta lo tenía allí de pie, esperando con la mirada fija en mis labios. Nos besamos. Fue apasionante y todo lo que había dicho antes se esfumó.

Salimos del restaurante y paró un taxi. Le dio su dirección, y todo eso sin dejar de besarme.

El taxista nos miró a través del espejo retrovisor e hizo una mueca. Yo quería parar todo aquello, pero al mismo tiempo no quería dejar de vivirlo.

Llegamos a su casa y subimos en el ascensor sin dejar de besarnos. Tuve un momento en el que pude decir «No». El momento que cogió las llaves para abrir la puerta. Fue un segundo que tuve que aprovechar pero que no hice. Una vez que abrió la puerta de su casa, me empujó hacia dentro y todo lo que ocurrió después fue porque lo deseé.

Al terminar nos quedamos mirándonos tumbados en la cama desnudos. Él sonreía y yo noté en esa sonrisa algo de sarcasmo.

–Me gustas mucho –le dije.

–Y tú a mí también.

Recogí mi ropa y me fui a la ducha.

Me vestí y me dispuse a despedirme.

–¿Y ahora qué? –le pregunté.

–Pues no sé. No quiero ser el otro y tampoco me gustaría estar en el lugar de él. Pero sabemos que esto está mal y no debería volver a ocurrir.

–Ya –fue lo único que pude articular, y prosiguió.

–No puedo decirte que lo dejes todo por mí porque seguramente te arrepentirías, tal vez no saliera lo nuestro.

Me quedé en silencio mientras él me miraba.

–Me moriría por tener lo que tienes –me dijo.

–Y yo moriría por dártelo.

Recogí mi abrigo y me marché.

Los días pasaban, las noches se hacían más largas. Me levantaba con ojeras. No sabía nada de él. Intentaba no llamarlo. Me pasaba el día mirando el móvil y nunca había nada.

Me entró ansiedad y no pude resistirme; le envié un SMS.

Esperé respuesta y nada, y me sentí tonta, porque en el mensaje no le ponía nada del otro mundo, solo quería saber cómo se encontraba.

A medida que pasaban las semanas, más segura estaba de mis sentimientos hacia él. Me había enamorado. Y seguía sin tener noticias de él.

Pasadas otras semanas, le volví a enviar otro mensaje preguntándole cómo se encontraba y si todo iba bien. Tampoco me contestó.

Desapareció de la faz de la tierra con la misma rapidez con la que llegó a mi vida. Al final me di por aludida y dejé de enviarle mensajes.

Mi matrimonio seguía igual que siempre. Mi marido apenas me tocaba y seguía en sus trece, y yo intentaba olvidarme de él.

Pasados seis meses, sonó mi teléfono y era él.

Llamaba para saber qué tal estaba y para decirme que había vuelto con su exnovia. Que estaban viviendo juntos y que era feliz.

Le dije que me alegraba.

Y esa fue la última vez que supe de él.

Touché.

Tu olor me envenena

Ama hasta que te duela. Si te duele es buena señal.
Madre Teresa de Calcuta, 1910-1997

Aquella mañana lluviosa de sábado me dio por pensar en los hombres que amé y en los que me amaron. Los miedos volvieron. ¿Solo me acostaría con un hombre el resto de mis días?

Me he comprado un teléfono nuevo. Metiendo los contactos, ahí estaba su nombre: Izan. Detalle metido en el móvil. Miro si tiene wasap. Lo tiene. Cosa rara en él. Recuerdo que cuando salieron los móviles él dijo que no los usaría. Pero de eso hace mucho tiempo. Luego sucumbió, como todos. Sin embargo, las redes sociales no las usó, por eso me sorprendía que tuviera wasap.

Notaba que lo echaba de menos. Hacía seis meses que habíamos hablado. Solo lo hacíamos en nuestros cumpleaños y en Navidades. Hoy no era uno de esos días, así que no tenía excusa, pero pese a ello le mandé un mensaje.

BINDANG _06:45

Estoy mirando la lluvia caer a través de las ventanas y no he podido evitar pensar en ti. Desde siempre esos momentos me han recordado a ti. Espero que tengas el teléfono sin sonido. ¡Buenos días!

Supuse que estaría durmiendo. A esas horas de la mañana solo una novia nerviosa se levanta.

¡Clic!

IZAN_06:57
¡Buenos días! Me gusta que te acuerdes de mí.

BINDANG_07:15
Perdona, no era mi intención despertarte.

¡Clic!

IZAN_07:25
Tranquila, estaba desperezándome en la cama.

BINDANG_ 07:30
¿Qué sueles desayunar?

Le pregunté, deseando que la conversación fuera normal, sin tener que comprometerme en palabras.

¡Clic!

IZAN_07:35
Café y besos si me los das...

BINDANG_07:40
Bonita frase. Si no te importa, la hare mía. Me inspira.

¡Clic!

Igual que te has acordado de mí, yo he despertado para inspirarte.

BINDANG_ 07:50
Cómo me gustan estas palabras. Soy una alimentadora de palabras y una gran devoradora de ellas. Te he incitado para que me inspires.

Lo reté.

7:55

Por cada inspiración un beso tuyo y por cada recuerdo un suspiro mío...

Estaba viendo por dónde iban los mensajes. Y me estaba asustando. Y a la vez alimentando mi ego.

BINDANG_08:00
Gracias por inspirarme.

¡Clic!

IZAN_08:02
Tú también me estás inspirando. Y no sabes cuánto...

147

Eso ya no me gustó. Hubiese preferido que fuese algo más romántico. Alimentar mi alma, no mi cuerpo.

BINDANG_08:05
Ja, ja, ja.

Silencio.

¡Clic!

IZAN_ 08:10
¿Sonrojada?

BINDANG_08:15
¿Se nota?

¡Clic!

IZAN_ 08:16
SÍ.

No entiendo que a mi edad pueda sonrojarme.

¡Clic!

IZAN_08:20
Tienes a la niña dentro... Y como mujer puedes estar orgullosa de inspirar a un hombre, en una mañana tan bonita, solo con unas palabras y unos recuerdos.

BINDANG_08:25
Eso es bonito. Aunque no quiero ser vanidosa, pero se me da bien inspirar.

¡Clic!

IZAN_ 08:27

Somos un hombre y una mujer inspirados en la distancia...

BINDANG_ 08:32

Qué profundo. No hay distancia cuando la inspiración se despierta.

¡Clic!

IZAN_ 08:35

No cielo, no la hay... Tres besos te daría si estuvieras aquí; y este en los labios.

BINDANG_08:40

Qué peligroso eres para mí.

Me quejaba pero sabía que era donde quería llegar.

¡Clic!

IZAN_ 08:45

Qué preciosa tú para mí... Y qué inspiradora con tu cadenita en la cintura... mmm.

BINDANG_ 08.50

¡Dios mío! ¿Todavía te acuerdas de eso? Hace siglos.

¡Clic!

IZAN_08:55

Recuerdo imborrable en mi memoria. Si aún la tienes me encantaría que te la pusieras... Verte con ella sería volver a esos años y momentos juntos...

BINDANG_ 08:58
Ja, ja, ja. No podemos volver atrás. Sí, la tengo, pero ya no la uso.

¡Clic!

IZAN_ 09:00
Cierto… No podemos volver atrás. ¿Sí, la tienes? ¡Dios mío, qué pena!… se hizo para que la lucieras.

BINDANG_09:00
Ja, ja, ja. Nunca conocí esta faceta tuya con las palabras.

¡Clic!

IZAN_09:05
Conociste otra.

Silencio.
¡Clic!

IZAN_09:20
Ahora mismo estoy en la cama imaginándote con la cadenita y unos zapatos de aguja…

BINDAG_09:25
Me sonrojas. ¡Despiértate!

¡Clic!

IZAN_09:30
Me excitas.

BINDANG_ 09:35
Te excita ese recuerdo.

¡Clic!

IZAN_ 09:40

Estás nerviosa… No entiendo lo último.

BINDANG_ 09:45

Que no sabes cómo soy ahora, lo que te excita es la chica del pasado. Y sí, estoy nerviosa. Supongo que es normal.

¡Clic!

IZAN_09:50

Por fuera habrás cambiado, pero no por dentro. Dime lo que llevas puesto para imaginarte ahora ja, ja, ja.

BINDANG_09:55

¡Calla! Dicen que no he cambiado, ja, ja, ja.

Me manda un beso de dibujo.

¡Clic!

IZAN_09:58

¿Te vestirías para mí con algo especial?

BINDANG_10:00

Si fuéramos pareja y hubiera sentimientos, sí.

¡Clic!

IZAN_10:05

Ja, ja, ja. Buena respuesta. Si estuvieras aquí no habría palabras…, solo besos.

BINDANG_10:08

Un escalofrío ha recorrido mi columna vertebral. Me alegro de no estar ahí. Qué peligroso eres.

¡Clic!

IZAN_10:10

Te recorrería toda la columna con mis labios y mi lengua, mmm tienes un cuerpecito tan fino...

BINDANG_10:15

Para, que soy una mujer a punto de casarse. Vamos, que me caso en un mes.

¡Clic!

IZAN_10:20

No entiendo.

BINDANG_10:30

Que estoy a punto de casarme y no está bien que tenga una conversación de esta índole contigo.

¡Clic!

IZAN_10:25

Tienes razón. Mil disculpas. Haré lo posible para que no vuelva a suceder.

BINDANG_10:30

Lo siento. Me desconcierta todo y a la vez me gusta.

¡Clic!

IZAN_10:35

Dejemos esta conversación en un sueño de una mañana preciosa.

BINDANG_10:40

¡Clic!

IZAN_10:45

De nada. Y ya son cuatro besos que te aseguro voy a reclamar.

BINDANG_10:50

Eso espero.

IZAN_10:55

¡Uf!

Nos despedimos.

A lo largo del día no pude evitar pensar en él. Me apetecía verlo, pero a la vez sabía que sería mi perdición. Los recuerdos que tengo de él me acompañaron durante varios días. Me gustaba como me hacía el amor.

Fue uno de mis mejores amantes. Su miembro era igual de grande que sus manos. Cuando me acariciaba ocupaba casi la mitad de mi espalda. En dos brazadas había acariciado toda mi espalda. Éramos sexualmente compatibles, pero fuera de la cama éramos un desastre. No hablaba. No sabía lo que esperaba o quería de mí. No sabía lo que quería. Solo nos comunicábamos en la cama, donde había una simbiosis perfecta. En cierto modo me intimidaba.

Y cuando todo terminó sentí alivio y pena. Alivio porque no tendría que pelearme más con él, intentando saber lo que quería, y pena porque cuando lo dejamos estaba enamorada de él. No hubo lágrimas, no hubo despedida, simplemente dejamos de quedar.

Izan decidió irse a vivir a otra ciudad con mar. No se despidió de mí. Me enteré por los amigos en común que teníamos.

El primer verano que vino a Madrid quedamos los amigos. Yo estaba nerviosa. No sabía cómo me comportaría con él. No tuve que elegir el modo de actuar con él, porque al poco de estar tomándonos la primera cerveza, me dijo que estaba saliendo con una chica. Me alegré por él. Supuse que su bloqueo verbal era conmigo. Y me sentí triste.

Ahora, al pensar en ello, sentía tristeza. Me caía bien. Y tenía buenos recuerdos de él. Con él hice cosas que fueron la primera vez. Lo echaba de menos ahora que me iba a casar con otro. Me preguntaba cómo habría sido nuestra vida juntos.

Intenté desechar la idea de estar con él y concentrarme en mi boda.

Cada vez que salía, me ponía ropa interior sexy soñando que me lo encontraría por Madrid y teníamos un encuentro sexual. Creía que empezaba a perder la razón. Era improbable que me lo encontrara porque vivía en otra ciudad.

Estaba ida, los preparativos de mi boda estuvieron a punto de quedar en segundo lugar.

La duda me asaltaba cuanto más cerca estaba la boda. Estaba intentando recomponer mi vida cuando recibí un SMS.

IZAN
+346000009
¡Hola!, estoy en Madrid, ¿tendrías tiempo para tomar un café conmigo?

Leí el mensaje varias veces para cerciorarme de lo que ponía. Estaba en Madrid. Era lo que había deseado estas últimas semanas, ahora que se hacía realidad; estaba asustada. Estuve una hora indecisa. Al final le contesté.

BINDANG
+34699000000
Dime día y lugar.

¡Clic!

IZAN
Mañana en el bar
del hotel Urban,
a las cuatro de la tarde.

Me desilusioné. Esperaba que me dijera hoy y ahora. Si ya estaba en Madrid, ¿por qué esperar a mañana? Tuve ganas de coger el teléfono, llamarlo y gritarle que no podía esperar hasta mañana. Me contuve.

BINDANG
Perfecto. Estoy ansiosa.

¡Clic!

IZAN
Nos vemos mañana, cielo.

Estaba irritada. Yo no era importante para él. Si lo fuera habría quedado conmigo hoy.

Cabreada seguí organizando mi boda.

Esa noche me tome un Lexatin. Estaba demasiada excitada para dormir. Durante todo el día mi vida giro en torno a ese encuentro.

Quedaban dos horas para las cuatro, pero ya no podía seguir en casa. Estaba preparada y tuve que salir. En el coche puse la música a todo volumen. El USB estaba conectado y sonaba la canción de Justin Timberlake, *Mirror*.

Me preguntaba cómo sería ahora. Hacía ocho años que no lo veía. Y me dio un bajón tremendo. ¿Estaba ilusionada con una persona que no veía desde hacía siglos? ¿Y si estaba gordo y calvo? ¿Y si no me gustaba? Dios mío, ¡era una desequilibrada! Y volvía a preguntarme, ¿y si estaba buenísimo como en el pasado? ¿Me acostaría con él? Fue en ese preciso momento cuando caí en que había quedado conmigo en el bar de un hotel.

Estaba paranoica. Era la tendencia quedar en los bares de los hoteles. Te daban buen servicio y lujo a un precio asequible. Era normal. Me estaba engañando. No quería darme cuenta de la jugarreta. Y volví a cabrearme en menos de veinticuatro horas. Si se pensaba que iba a costarse conmigo lo tenía claro. Lo jodería porque no se lo iba a poner fácil. Deseé que estuviera gordo y calvo; así sería más fácil para mí rechazarlo.

Llegué una hora antes. Dejé el coche al conserje elegante de la entrada con su sombrero de copa a lo Abraham Lincoln. Debería volver la tendencia de ese sombrero, me gusta y estiliza la figura, tanto en hombres como en mujeres, pensé.

Entré en el hotel y fui directamente al ascensor. Metí mi tarjeta de socia y me llevó al ático. A la salida me esperaba un camarero.

–¡Buenas tardes!, ¿tumbona para una?

–¡Buenas tardes!, para dos.

El *house* me acompañó a una tumbona con sombrilla.

Era abril, pero hacía bastante calor en Madrid. No había nadie en la terraza. Estaba sola. Todo el mundo había vuelto a su trabajo. Esa hora era perfecta, así no iba a ser vista por miradas indiscretas.

Dudé en cambiar de sitio. En ese hotel me conocían, era el lugar donde iba con mis amigas a desestresarnos. Nos hicimos socias por lo bien que nos trataban. Con el carné de socia tenías acceso a todos los servicios, incluido el ático. Cuando el ático estaba lleno, tu tarjeta dejaba de funcionar en el ascensor y debías esperar en el bar. El barman te avisaba, ya que tu tarjeta salía reflejada en su ordenador. Había tenido suerte.

Me quité la chaqueta y pedí un *taittinger rose*. Me tumbé al sol disfrutando de ese momento. El camarero me trajo la bebida junto con unos frutos secos.

Miré la hora. Faltaban todavía cuarenta y cinco minutos. Le mandé un SMS.

BINDANG
Estoy en el ático.
Dile al barman que eres
Invitado del número 8874.

Volví a tumbarme en espera de su contestación. Se iba a sorprender. Yo socia de un hotel selecto.

A los cinco minutos, volví a mirar el móvil. Nada. No me contestaba. Volví a cabrearme por tercera vez en menos de veinticuatro horas. Estaba malhumorada. A la media hora me contestó.

¡Clic!

IZAN
Llego tarde, he tenido
un imprevisto. En breve
estaré ahí contigo.

No podía creer lo que estaba leyendo. Llegaba tarde. ¡Qué desfachatez! ¿Después de tantos años sin vernos llegaba tarde? ¿Qué se creía ese cabrón? Estaba indignada. Mi cabreo era monumental. Respiré y exhalé, varias veces. Me calmé y pensé que no era para tanto. Nada de cabreos y nada de malhumores. Eran cosas que pasaban. El tráfico en Madrid era bestial, se le habrá olvidado, al vivir en otra ciudad, el tráfico de la capital, pensé a modo de disculpa.

Me había quedado adormilada cuanto noté un beso en mi mejilla. Era un hombre, pero no le reconocía. Me quite las gafas de sol para poder verlo mejor. Lo miré y reconocí en esos ojos azules esmeralda al chico del que me enamoré en el pasado. Me levanté y lo observé. Ni en mis mejores sueños pensé que tendría ese aspecto. ¿De qué bodega salía ese vino, que en vez de hacerse añejo avinagrado como la mayoría de los mortales, se había convertido en el mejor vino? Estaba embobada.

–¡Hola! –dije intentando no volver a observarlo con cara de loba. Porque tenía ganas de hincarle el diente.

–¡Hola! –contestó él observándome y comiéndome con los ojos.

Dejé de respirar. Era más guapo de lo que recordaba. No estaba gordo ni era calvo. Pude tener tiempo de observarlo bien sin que se diera cuenta, mientras se quitaba la chaqueta y la dejaba en el respaldo de la tumbona. Estaba musculoso, se podía observar a través de su camisa blanca la buena fisionomía de su cuerpo. Su pelo moreno antaño tenía motitas de canas y eso lo hacía interesante. Al sonreír se le hacían arrugas en la comisura de los ojos. En vez de afearlo, lo hacían más sexy. Y tenía una gran mata de pelo.

Si no dejas de mirarme tendré que darte los besos que me debes.

Estaba nerviosa, ensimismada. No encuentro un solo adjetivo que pueda definir exactamente cómo me sentía. Decir que era guapo era poco. Él irradiaba feromonas. Todo él era un conjunto del pecado. Llegó el camarero y le dio la carta de bebidas.

−¿Qué bebes? −me preguntó mientras el camarero se iba.

−*Taittinger rose.*

−Buena elección. Miraré la carta por si hay algo mejor.

−Lo dudo.

Sonrió y me transportó al pasado. La última vez que nos vimos, la noche fue rara. Hacía dos años que ya no estábamos juntos. Él vivía en Barcelona y vino a Madrid a ver a sus padres. Me llamó para quedar y acepté. El vernos nos alegró a ambos. Y me llevó a cenar a un restaurante pequeño, íntimo y elegante. Nuestra conversación fue de dos amigos que hacía tiempo que no se veían. Nos pusimos al día de los amigos en común, del trabajo, pero no hablamos de los amores.

Yo sabía que tenía novia porque la anterior vez que nos vimos me lo dejó claro. Y sí me hizo daño, pero acepté la derrota. Me contó que era una chica mayor que él y que la conocía desde hacía años. Que vivía en Barcelona, que era el lugar donde siempre habían veraneado. Recuerdo que sentí una punzada de dolor.

Mientras estuvo conmigo se iba todos los veranos a Barcelona y antes de irse siempre teníamos problemas. Durante el verano ya no estábamos juntos y a su vuelta, dos meses más o menos después, volvíamos. Era sistemático. Así que cuando me contó lo de la mujer lo entendí. No era una chica, era una mujer separada que le sacaba diez años de diferencia. Él tenía veintidós y ella treinta y dos. Y, de hecho, se fue a vivir a Barcelona por ella.

Después de que me dejara claro que tenía novia perdimos el contacto. Sabía de él por los amigos comunes. Supe cuándo se fue a vivir con ella. Supe de su primera ruptura y la reconciliación. Supe de todas las rupturas, porque eran asiduas. Me enteré cuándo empezó a salir con otra chica con la que estuvo dos años. Supe también de esa ruptura. Me enteré de la tercera novia, con la que estuvo un año. Y también estuve informada cuando volvió con la mujer.

En todo ese tiempo no nos comunicamos. Por eso me sorprendió que me llamara para cenar. Y cenamos, y nos reímos, y fue como en los viejos tiempos. Las primeras insinuaciones no las vi llegar. Insistió y cuando caí en la cuenta, pensé que lo habría dejado con la novia o era un caradura. Y no le permití acercarse a mi corazón o a mis bragas, depende de lo que estuviera más expuesto.

Aquella noche no dejó de decirme lo hermosa que era, lo bien que solía oler mi piel con el perfume de 2012 de Carolina Herrera. Y como siempre esa noche mi cuerpo estaba impregnado de él. Hubo un momento en que se levantó y se acercó a mí y se arrodilló. Me entró el pánico.

–Levántate, levántate, no hagas eso, que nos están mirando.

Echando la vista atrás recuerdo su mirada. No acerté a saber si era pánico, decepción o rabia porque no lo dejé continuar con lo que tuviera planeado. Se levantó y se sentó en su silla.

La cena continuó en silencio y supe que había perdido «el momento»; me asustaba saber lo que quería decirme.

Ese día lo perdí. Al darme cuenta, quise dar marcha atrás, pero ya era tarde. Se cerró herméticamente. Esa actitud se le daba muy bien y lo hacía habitualmente. Y cuando ocurría no había manera de entrar en él. Era lo que más odiaba de él. Jamás me dejó conocerlo. Esa noche perdí todo el encanto que tenía sobre él. Esa noche fue la última vez que lo vi hasta hoy.

–Toc, toc ¿hay alguien ahí? –dijo sonriendo.

Lo miré y sentí que me perdía en su mirada.

–Sí, perdona. Lo vi cómo guardaba una tarjeta como la mía. ¿Esa tarjeta es de aquí, verdad?

–Sí, ¿por qué?

–No sabía que eras socio.

–Yo tampoco sabía que eras socia –contestó.

Nada más oír su contestación me sentí estúpida. Era un sentimiento que él me provocaba. Siempre tuve la sensación de estar por debajo de él intelectualmente. No me gustaba.

–Podías haberme contestado al mensaje. Podrías haberme dicho que eras socio y no me habría preocupado por ti.

–Gracias por hacerlo. Pero no me has dado un abrazo.

Tenía razón. Siempre que nos veíamos nos dábamos un abrazo. Y cuando éramos pareja era un abrazo y luego el beso.

Me levanté de la tumbona mientras él dejaba la cartera en la suya y me abrazó. Su olor, el de siempre. Eternity, de Calvin Klein, en su piel olía a buenos tiempos.

El abrazo no terminaba. Respiré y me dejé llevar por ese momento. Noté cómo me olía el cuello. Pasó su nariz por mi garganta y me apretujó contra sí en ese gran abrazo.

–Estás preciosa –dijo mientras me miraba de arriba abajo. Apenas has cambiado.

–Tú también estás bien. Digamos que mejor.

–¿Mejor?

–Sí. La edad te sienta bien. Eres como el buen vino, cuanto más tiempo, mejor estás.

Se rio y me volvió a abrazar.

–Lo digo en serio –le dije intentando zafarme de ese abrazo.

–Gracias, tú sí que estás genial. ¿No llevarás la cadena, no?
–preguntó intentando tocarme la cintura para poder palparla en busca de la cadena. Me alejé de él y me tumbé.

Sorbí un poco de mi champagne.

–Solo pensé que era posible que te la hubieses puesto –dijo mientras acercaba su tumbona a la mía. Más y más cerca. Y… se sentó a mirarme, y yo me sentí pequeña.

Me cogió de la mano y la frotó.

–Siempre has tenido frías las manos.

–Y el corazón caliente –le contesté.

Sonrió mirándome a los ojos y eso me hizo sentir incómoda.

Llegó el camarero a tomar nota.

–Tomaré lo mismo que ella.

–¿Para eso pediste la carta? –le pregunté.

–He recordado que siempre supiste elegir las bebidas. Seguro que me gustará.

—Podrías probar la mía, no vaya a ser que no te guste.

—Me arriesgaré –dijo sonriendo.

—Pero si nunca te arriesgabas.

—Tienes toda la razón y me he arrepentido toda mi vida de ello. Tenía que haberme arriesgado contigo.

No contesté a la provocación. No pensaba hablar del pasado, debía mirar al futuro. El futuro que se me presentaba.

El camarero trajo la bebida junto con unos panecillos calientes con jamón de bellota.

—¿Así que te casas…? –me preguntó.

—Sí.

—¿Lo conozco?

—No. Creo que no. Lo conocí hace dos años y medio en un vuelo de Bruselas a Madrid.

—¿En un avión?

—Sí.

—Una manera única de conocerse.

—Sí –contesté sintiéndome molesta hablando de mi novio.

Y se hizo una larga pausa. Tomé otro sorbo de mi copa.

Hablamos de cosas banales. Y yo quería saber si tenía novia. No estaba casado porque no llevaba anillo. Estaba intrigada. Hablaba a monosílabos, para no matizar en el tema y así no hablar de su vida íntima. Supongo que él sabía que yo estaba alejada de su vida, porque les dije a los amigos que teníamos en común que no me hablaran más de él; quería seguir hacia delante y mientras me contaran cosas de él, yo no podía avanzar.

–¿No vas a dejar que eluda el tema, no?

–No. Tú sabes más de mí que yo de ti.

–No sabes de mí porque elegiste no saber.

–Supongo que tenía razones.

–Tus razones eran muy loables. Y por eso yo también desaparecí de tu vida.

–No quería que estuvieras en mi vida de la manera que me ofrecías.

Suspiró.

Vale. Lo dejamos hace unos meses. Es una farsante y la verdad, no quiero saber nada más de ella.

–Lo siento.

–No lo sientas. Es mejor que me haya dado cuenta ahora que no es tarde.

—¿Era la que trabajaba en algo de medicina? No lo recuerdo bien.

—Visitadora médica.

—Habéis estado mucho tiempo juntos, ¿tenéis hijos?

—No.

—¿Es por la que me dejaste?

—No te dejé.

—Bueno, lo que fuera. ¿Es la misma, no?

—Sí. Qué contradicción, tú piensas que te dejé por ella y ella pensaba que en nuestra relación había tres personas, ella, tu fantasma y yo.

—¿Y eso?

—Me dijo que era incapaz de comprometerme porque seguía enamorado de ti.

—¿Y eso? Si has estado más tiempo con ella que conmigo.

—No lo sé. La verdad que todas mis novias al separarnos me decían que me hiciera un favor, el favor de ir a buscar a la mujer que me robó el corazón.

—¿Conozco a esa mujer?

—¿Estás de broma? —me preguntó.

—No estoy de broma —le espeté.

–Solo se necesita un segundo para enamorarse y toda una vida para olvidar. Y a día de hoy no he tenido el tiempo suficiente para olvidarla.

Me sentí incomoda. No quería preguntar más sobre esa mujer. Había dos respuestas, y no quería saber ninguna de las dos. Ya llevábamos una hora y media charlando. El alcohol empezaba a hacer mella en mí. Y era el momento de irme a casa.

–Debería irme.

–Deberías, has usado bien el verbo. Deberías, pero no puedes irte ahora. Dos copas de champagne darían positivo en una prueba de alcoholemia.

–Tienes razón.

–Bebe agua y esperaremos que el alcohol vaya evaporándose de tu organismo.

El camarero nos trajo dos botellas de agua. No paraba de ir al baño. Empezaba a aburrirme y tenía ganas de irme a casa. Su encanto ya no me impresionaba. Estaba bien y pensaba irme en veinte minutos a más tardar, cuando noté el subidón del alcohol. Estaba en su máximo apogeo. Justo una hora después de la última ingesta. Lo que antes me aburría en ese momento me hizo gracia. De no querer estar ahí a no querer irme.

Las cosas las hacía sin pensar. Me puse a bailar, contoneando mis caderas. Y él se unió a mí. Estábamos montando un espectáculo. Menos mal que no había nadie más en la terraza. Los camareros nos miraban. Les estábamos divirtiendo.

Restregamos nuestros cuerpos bailando. Estábamos cachondos. Frotaba mi cuerpo y yo notaba como dentro de mí se humedecía.

—Cojamos una habitación.

—¿Cómo?

—Anda, estás tan cachonda como yo. Cojamos una habitación.

—Vale —contesté sin pensármelo. Lo deseaba.

Me cogió de la mano y en la otra cogió las chaquetas y me sacó de ahí. Entramos en el ascensor y bajamos en la tercera planta. Yo lo seguía y él me llevaba. Metió su tarjeta en una habitación. No vi el número, estaba flotando en el aire.

Entramos y acto seguido me estaba besando. Me sentí en el cielo. Había deseado ese beso desde que nos mensajeamos. Había furia en ese beso. Me quitó la blusa, liberó mi pezón dentro del sujetador y lo metió en su boca. El contacto de su lengua en mi piel me produjo una gran excitación. Al notarla desabrochó el sujetador tirándolo al suelo, dejando mis dos pechos al descubierto. Sonrió y los cogió con las dos manos para intentar meterlos en su boca. Casi pierdo el equilibrio y acabé apoyada en la pared.

Se metió una en la boca, la sacaba de su boca y metía la otra. Yo lo miraba y ver cómo lo hacía me trasportaba al país de los placeres. Sabía lo que hacía, no era un amante nuevo, sino uno que conocía cada centímetro de mi cuerpo. Cuando estaba a punto de pedir más me levantó en volandas y me llevó a la cama. Abrió las sábanas y me depositó en ella como si fuera un material frágil. Y despacito me bajo la falda y me la quitó por las piernas. Me quedé en braguitas.

–Estás preciosa y llevas la cadenita. Gracias por ponértela.

–¿Y mis tacones son lo suficientemente de aguja para ti?

–No están mal. Te compraré unos Manolo Blanik; si mal no recuerdo, te gustaban.

No era momento de charla. Quería tenerlo dentro y estaba hablando de unos zapatos. Seguía vestido admirando mi cuerpo. Y yo quería tenerlo más cerca. Me incorporé y despacito le fui desabrochando botón a botón su camisa blanca y fui descubriendo un cuerpo musculoso, sin pelos en el pecho. Lo besé y bajé hacia los pantalones, quitando el cinturón. Lo tumbé a mi lado y le quité los pantalones. Estábamos los dos en paños menores. Verle en calzoncillos y calcetines no me gustó, se los quité y se quedó solo en calzoncillos.

Recuperó el control. Empezó besando mi cuello, la barbilla, mis pechos, bajó a mi ombligo. Me quitó las braguitas y metió su dedo en mi vagina.

—Estás chorreando. Me gusta. Se me había olvidado lo fácil que era ponerte a tono.

—Y que no se te olvide que también se me puede pasar rápido —dije sintiéndome molesta porque hablara.

—Es verdad, pero no tengo prisa. Te volvería a poner igual.

Cállate, cállate y métemela, decía mi mente, que estaba cabreándose. Pero él no pensaba ponérmelo fácil. Sus besos empezaron por mi monte de Venus, haciendo una gran parada en mi clítoris. El calor de su lengua relajó mis músculos y me preparé a disfrutar mientras sus dedos jugaban dentro de mi vagina. Ambas sensaciones eran muy placenteras, no sabía por cuál llegaría primero al orgasmo. Lo estaba sintiendo cerca cuando paró. Me desilusioné, pero no dije nada. Me quedé quieta para no desperdiciar ese orgasmo. Tenía la sensación de que si me movía se me escaparía el orgasmo, ya que lo tenía cerca.

Se levantó y cogió agua de una botella que había en una champanera al lado de la ventana. No me había percatado de ello, y en ese momento decidí admirar la habitación. Era preciosa y tenía un gran sofá en el centro de la habitación. Me sirvió agua. Estaba sedienta y se lo agradecí.

Le observé y mis ojos iban directos a su pene. Erecto como un mástil, mirándome, deseando que lo tocara, deseando que le diera el mismo calor que su amo me había dado. Llené la boca de agua, lo atraje hacia mí y metí su miembro en mi boca. El contacto calor frio le gustó y gimió. Bebí el agua y empecé a la lamerlo. Era como siempre fue, enorme y duro. Succionaba suave pegando su miembro a mi paladar y cuando terminaba el recorrido, succionaba la punta con mis labios y lengua. Notaba cómo se retorcía de placer. Le gustaba y noté la llovizna en mi boca. Salada. No iba a dejar que eyaculara en mi boca y paré.

Su movimiento fue rápido. Se puso el preservativo y me abrió de piernas, metiendo los dedos en mi vagina para ver cómo estaba de preparada.

–Nunca me defraudó tu vagina, siempre dispuesta hasta en los momentos malos.

Calla, calla, tú siempre me defraudabas al hablar, joder, ¡calla, calla!, me dieron ganas de decirle. En vez de eso, gemí. Sacó los dedos y me la metió. Fue despacito, mirándome a los ojos, y yo sentía que no podía respirar del placer. Tardó una eternidad en llegar hasta el fondo y el recorrido casi me hace correrme. Sabía lo que hacía. Y lo estaba haciendo a conciencia. Una vez al fondo, paró en seco y me sopló la cara para que pudiera respirar.

¿Estás bien?

Sí. Gracias por parar. Me habría ido.

–Lo sé.

Sus manos buscaron las mías y nuestros dedos se entrelazaron. Sentí una punzada en el corazón. Fue una sensación de enamoramiento. No sabía si era el pasado que volvía, o era el presente que se hacía patente. Empezó a moverse lentamente y fue subiendo el ritmo a más y más y más... La sacó, y noté cómo, llevado por mi vagina, mi cuerpo se levantó un palmo de la cama buscando lo que se me estaba quitando.

–No te quites –le grité.

–Tranquila habrá más –me contestó sonriendo–. Eres ansiosa en el sexo y no has cambiado. Quiero que disfrutes antes de correrte.

–Pero lo que quiero es correrme.

–Relájate –zanjó la conversación.

Me dio la vuelta y empezó de nuevo. Recorriendo cada centímetro de mi piel con besos, caricias hasta llegar a mi sacro.

–Eres preciosa.

Calla, calla.

El olor de tu piel siempre me ha enloquecido –dijo mientras su lengua recorría mi ano hasta mi vagina. El placer fue intenso. Volvía a mi ano, le trasmitía calor, bajaba a mi vagina y me metía la lengua. Mi abdomen se contraía de placer. Y en esa postura boca abajo me volvió a poseer. Sabía que si seguía dos minutos más me dejaría llevar. Y él también lo sabía. Volvió a parar.

Cabrón, malnacido. Torturador de placer. No paraba de insultarlo en mi mente, ya que las palabras no llegaban a mi boca. La sangre solo me bombeaba por la parte inferior de mi cuerpo.

Me dio la vuelta, puso una almohada debajo de mis nalgas. Sabiendo lo que iba a venir me excitó más. Lo estaba deseando desde que me besó el primer pezón. Pero entonces no sabía que iba ser tan generoso. Cogió mis piernas y las puso alrededor de su cuerpo, alzando a unos pocos centímetros mi cadera. Me penetró despacito para que pudiera disfrutar al máximo. El recorrido hacia el fondo de mí fue maravilloso. Su enorme pene rozaba las paredes de mi vagina. Lo llenaba, no hacía falta que se moviera para sentir placer. El mero hecho de llenar ese hueco hacía que mi orgasmo estuviera cerca.

Cuando llegó al final de su recorrido, metió una mano sujetando mi culo y con la otra mano sujetó mi cadera. Su boca quedo justo en mis pechos. Y empezó mi ascensión al mundo del placer. Con cada embestida, un masaje en mi ano y un masaje en mi clítoris al compás de su lengua en mis pezones. Noté la convulsión de todo mi cuerpo. Note cómo se liberaba la fiera que tenía dentro. No podía hablar, no podía respirar, las lágrimas brotaron de mis ojos, me miró a los ojos y vi y sentí la llegada de ambos. Y llegamos. Tres en uno.

No podía parar de llorar. Me abrazó con todo su cuerpo acariciándome, hasta que dejé de llorar mientras me soplaba la frente para que sintiera el aire.

—Te quiero —me dijo. Se me abrieron los ojos como platos, pero no podía articular palabra. Era la primera vez que me lo decía. En todos los años de novios nunca me lo dijo. Y yo nunca se lo dije por no ser la primera en hacerlo. Acababa de hacerlo y yo no sabía qué decirle: Volví a romper a llorar.

Estaba más calmada y acurrucada en su regazo, no tenía ganas de salir de ahí. No quería romper el momento, pero mi vejiga mandaba. Me levanté y fui al baño. Abrí el grifo de la bañera y puse el tapón. Me senté en la taza del váter y me preparé a tener un placer menos intenso. Mientras vaciaba mi vejiga, los últimos resquicios de mi orgasmo sucumbieron y los tuve con mi pis. Gemí durante y después.

—Viciosa —oí que decía detrás de la puerta.

—Sal de ahí. Déjame un poco de intimidad.

—Ese placer te lo he proporcionado yo y lo estás disfrutando sin mí

–dijo entrando en el baño. Todo me parecía natural. No sentía vergüenza, como cuando mi novio entraba en el baño si estaba orinando.

Se agachó a mi lado y me metió la mano estando yo sentada en la taza del váter. Acarició mi clítoris mientras lo poco que quedaba de pis caía al váter y yo volvía a tener un orgasmo clitoriano postcoital.

Sentía las últimas convulsiones y lo abracé. Cogió papel higiénico y me limpió. Tiró de la cisterna mientras me sujetaba para no caerme. Se sentó en el borde de la bañera y me hizo sentarme en su regazo. Tocó el agua para saber la temperatura.

–Está un poco fría para ti.

Lo miré. Todo ocurría como algo natural, como si hubiésemos estado juntos siempre. Me conocía mejor que el que iba a ser mi marido.

Cuando consideró que el agua ya estaba a mi gusto, me ayudó a meterme en la bañera.

–Siéntate y no te muevas. –Se fue a la habitación y volvió con una goma de pelo, me recogió el pelo en una coleta y me puso el gorro de ducha del hotel–. Sé que odias que se te rice el pelo.

Me sumergió en la bañera mientras él, sentado en el borde de ella, me miraba. El agua estaba a la temperatura que me gustaba. Cerré los ojos y me relajé. Izan salió de la habitación y yo me quedé libre para poder divagar en mis pensamientos. Estaba asustada por la naturalidad con la que estaba llevando todo lo que me estaba pasando. Seguro que pagaría con creces todo esto. Me alarmé y me bañé deprisa. Mi novio iría a mi casa sobre las diez de la noche. Joder, ¿qué cojones estaba haciendo? Izan no era mi novio. Debía salir de ahí a toda costa.

Me estaba secando cuando volvió a entrar.

—Qué rápido has salido.

—Tengo que irme —contesté con cara de pocos amigos.

—¿Por qué?, estamos bien.

—Tengo que irme. Mi novio irá a mi casa sobre las diez de la noche.

Le cambió el semblante. Supongo que empezó a darse cuenta de la realidad. Estábamos viviendo un amor, un momento que no nos correspondía.

—Y ya se me ha pasado la borrachera —seguí diciendo.

—No creo que con dos copas de champagne te emborracharas. Era más bien que no dieras positivo al soplar.

Nos callamos. Salí a la habitación a buscar mi ropa desperdigada por todo el suelo. Y volví a admirar la habitación. Era grande, decorada en un estilo minimalista. Acogedor. En el escritorio había un ramo grande de rosas rojas y una tarjeta, al lado una botella de *taittinger rose*. La puerta de la terraza estaba abierta y vi la mesa puesta. Me giré y lo vi observándome. Ya se había puesto los vaqueros. Me empezó a faltar el aire. Tenía que recuperar la compostura.

—Me tengo que ir.

—Déjame pasar un rato más contigo.

—Estamos robando tiempo que no nos corresponde —le dije.

—Nosotros somos los que decidimos si el tiempo nos corresponde, no la situación. Damos pie a que las cosas ocurran. Y... no voy a volver a perder la oportunidad, como en el pasado.

Se acercó a mí. Se arrodillo y metió la mano en el bolsillo de atrás de su pantalón; sacó un estuche y lo abrió. En él había un anillo con un diamante enorme.

—Cásate conmigo.

Me quedé atónita. Miré el anillo. Era perfecto. Más grande que el que debía llevar y que dejé en el cajón de mi mesita de noche. Y ahí de rodillas estaba el hombre que nunca entendí, el hombre a cuyo corazón, pensé, no pude llegar. El hombre que era una isla. El hombre que me pertenecía y al que yo pertenecía por destino. El hombre del que estaba enamorada.

No sé por qué, pero cogí el anillo para observarlo de cerca. Me encantó el diseño. El diamante tenía forma de ocho y había dos piedras que se alojaban en los huecos, las dos piedras de lejos parecían uno solo. Lo miré, me contemplaba mientras yo observaba el anillo.

—¿Te has dado cuenta? —me preguntó.

—Sí. Tiene forma de ocho.

—Tu número de la suerte.

—Estás en todo. Pero te has tenido que gastar más dinero. Son dos piedras en vez de una.

—Dos piedras preciosas como tus dos ojos negros, que cuando me miran me dejan sin respiración.

¡Dios mío!, pensé. ¿Por qué cojones no me dijo todo esto cuando éramos novios?

—Entonces, ¿te casas conmigo?

−¿Estás loco? Me voy a casar con otra persona.

−Pero sabes que me quieres a mí.

−Eres un poco presuntuoso, ¿no crees? −le espeté.

−No pretendía serlo. Pero creo que estamos hechos el uno para el otro.

−¿Con qué autoridad me pides la mano? Llevamos siglos sin vernos y me voy a casar en veintiocho días; y te presentas con un anillo. ¿Crees que lo dejaré todo para irme contigo? ¿No crees que estás loco?

Se levantó del suelo. Estaba cerca de mí ahora.

−Mírame a los ojos y dime que no sientes lo mismo por mí.

No podía mirarlo a los ojos. Empecé a mover la cabeza de izquierda a derecha y de derecha a izquierda. No me podía estar pasando todo esto. El sonido del teléfono me salvó momentáneamente de ese lío. Salí como alma que lleva el diablo, metí la mano en mi bolso y cogí el teléfono. En la pantalla se leía «Andrés». No dudé y lo cogí.

−¡Hola, cielo! −dije.

−¡Hola!, te he llamado a casa y no estabas −me dijo.

−He salido con las chicas.

–Me lo imaginé. Te llamaba porque al final no podré ir a las diez a tu casa. Los chicos, que me han organizado una cena y salida nocturna.

Me sentí aliviada, pero a la vez asustada.

–¿Estás ahí? –me preguntó tras mi silencio.

–Sí.

–¿Te enfadas?

–No, cielo. Me viene bien, porque así no tendré que ir a casa corriendo.

–Vale, nos vemos mañana por la tarde. Te llamo cuando me levante. Y no hagas nada que yo no hiciera.

–Pásatelo bien.

–Tú también.

Estaba atrapada. Ya no tenía prisa por irme. En ese momento me di cuenta de que estaba solo con el sujetador y las braguitas. No me había terminado de vestir. Izan estaba en la puerta que daba a la terraza mirando la mesa que estaba preparada para cenar.

Me entraron unas ganas enormes de cepillarme los dientes. Fui directamente al baño y cogí el set que dejan los hoteles. Saqué el cepillo y le eché un poco de pasta. Empecé a cepillarme los dientes. Primero despacio, luego con fuerza, más rápido, era como si quisiera sacar de mi mente todo lo que me estaba pasando con solo el cepillar de los dientes. Me agaché para enjuagarme la boca, al levantar la vista, vi su reflejo en el espejo. Estaba detrás de mí.

—Deja de aparecer sin hacer ruido, que me voy a asustar.

—Solo estamos los dos aquí. Así que no puede ser nadie más, solo yo.

Terminé el ritual.

Se acercó a mí y yo me apoyé en el lavabo. Con su nariz recorriendo mi cuello, mi oreja. Me mordió el lóbulo, su lengua entró en el orificio de mi oreja. Me produjo placer. Y siguió por la barbilla, su mano en mi pezón. Me estaba excitando. Me quitó el sujetador. Bajó a mis pechos y los hizo suyos. Conocía mis puntos erógenos. Sabía hacerme suya. Pero debía ser una persona racional.

—Para, para —dije jadeando.

—¿Y eso?, nunca has perdido una oportunidad de tener un orgasmo.

—Pues he cambiado —le contesté de mala leche.

—Lo dudo, la gente no cambia. Si quieres paro, pero no te engañes.

—Pregúntale a un científico y te dirá que todo cambia como la materia. La gente cambia si quiere.

Salí del baño y empecé a ponerme la falda.

—Acabo de pedirte matrimonio, ¿piensas contestarme?

—¡Estás loco! No puedes andar por ahí pidiéndole matrimonio a la primera chica con la que te enrollas.

—Tú no eres cualquier chica. Eres mi chica. Eres mi media naranja. Te he esperado siempre. Cuando me dijiste que te casabas, me entró pánico. El hecho de darme cuenta de que nunca podría volver a tenerte me horrorizó.

—Pues he estado los últimos ocho años prácticamente sola. Ocho años. Y no hiciste nada para estar conmigo.

Sí lo hice varias veces. Qué mala memoria tienes. Estuve a punto de pedirte matrimonio cuando te llevé a ese restaurante íntimo de la calle Mayor, y tú al verme arrodillado, te asustaste.

—Creo sinceramente que estás mal de la cabeza. ¿Pretendías pedirme matrimonio sin más? ¡Estábamos separados! —le grité. Estaba rabiosa, muy rabiosa. Aquella noche tuve esa sensación y me asusté. Y tenía razón, siempre había estado enamorada de él. Desde la primera vez que lo vi.

Mi compañera de piso, Laura, estaba con los exámenes, y me pidió que le hiciera el favor de ir a trabajar en su lugar al pub. No tenía nada mejor que hacer, acepté y pagaban bien. Lo vi llegar con el dueño. Nuestros ojos se cruzaron y lo supe. Tardó en venir a pedirme su copa. Pero lo hizo. Estuvo en la barra mirando cómo trabajaba. Yo sabía que me estaba observando, pero no pedía nada. Me giraba y me sonría y yo a él. Al fin decidió pedir una copa, *gin tonic*. Y esa bebida me ha acompañado estos largos ocho años.

Se quedó hasta que yo terminé de trabajar. Y se ofreció a llevarme a casa. Escuchamos a Tony Braxton, *Break my heart*. en el trayecto. No hablamos apenas. Escuchamos. El silencio nos hizo darnos cuenta de que estábamos en la misma sintonía. Me hubiese gustado que me besara, pero no lo hizo. Subí a mi casa sabiendo que era el hombre de mi vida. Y el destino nos unió a los dos días y nos separó a los dos años de estar saliendo. No fue una ruptura. Simplemente nos alejamos el uno del otro. Teníamos que crecer separados. Entendí que tenía que seguir su camino y yo el mío.

Y ahora el destino me lo devolvía en un momento que no podía ser.

–Las flores son para ti –me dijo.

Busqué con la mirada mi blusa, no la veía. Fui descalza hasta las flores y las olí. Cogí la tarjeta y la abrí. «Sé tú misma. Ven a mí y déjate llevar. No quiero perderte otra vez. Te quiero. Izan».

Se me llenaron los ojos de lágrimas. Mi corazón sentía cada palabra. Mi mente me decía que todo aquello era una locura. ¿De verdad seguía estando enamorada de él? –me pregunté.

Se acercó por detrás y me abrazó.

–Te quiero. Decirlo alivia mi corazón.

Respiré hondo.

–¿Por qué no me lo dijiste nunca? –le pregunté.

–Porque nunca me sentí preparado para decírtelo.

–No puedes pretender aparecer después de tanto tiempo y esperar que lo deje todo y me vaya contigo. Tengo mi vida, me caso en pocos días. ¿Qué pretendes con todo este juego?

Me contempló. Parecía dolido. Se fue a la terraza. Tuve miedo. No quería que se volviera a cerrar en sí mismo. Salí detrás de él y lo abracé por la espalda. Olí el olor de su piel. Me embriagaba. Se dio la vuelta y me miró. Me besó. Nuestras bocas conjuraron el mismo verbo. Tenía sed de él. Una unión contemplada por las estrellas como únicos testigos.

Me llevó al sofá. Me tumbó y a mordiscos recorrió mi cuerpo suavemente. Bajó y me mordió mi monte de Venus y arqueé la cadera, quería que me lo hiciera y sabía que lo haría. Estaba preparada para ello. Abrió mis piernas y posó su lengua caliente en mi clítoris. Luego, despacito, mordió el clítoris, una, dos, tres. Se puso duro, muy duro. Su dedo acariciaba mi ano. Cada mordisco era un placer. Y volvió otra vez a recorrer mi cuerpo, mordisco fuerte y otro suave, lamiendo luego donde había mordido. El dolor y el suave tacto de su lengua me trasportaban al mundo del placer.

Sabía adónde quería llegar, y estaba ansiosa por llegar. Intensificó los mordiscos de mi clítoris, yo gemía de placer. Supo cuándo debía aumentar la cantidad de mordiscos para yo poder liberar el manantial que estaba dentro de mí. Y salió mojándole la cara y parte del sofá. Hacía mucho tiempo que necesitaba ese orgasmo.

–Estás llena de placer como siempre, mujer fuente – me dijo riéndose.

No podía hablar. Le sonreía mientras me daba cuenta de que tenía toda la cara llena de mi líquido placentero.

Subió a mi cara, intenté limpiarle la cara con mi mano, pero no me dejó. Degusté mi líquido en su beso y me excitó más lo indecente de ese momento que solo me había ocurrido con él, y llevó a que mi cuerpo lo deseara dentro de mí. Y brotaron lágrimas de mis ojos. Me estaba liberando de años sin los verdaderos placeres que me hacían diferente.

Inició otro ritual, lamiéndome las lágrimas. Mi mano buscó su miembro erecto. Estaba preparado y duro. No lo vi ponerse el preservativo, me asusté cuando lo noté dentro de mí. Cálido y suave el contacto. Quise gritarle para que se pusiera el preservativo, pero el placer era intenso. Peleándose la razón y el placer. La razón ganó.

—Preser… preser… mmm, preser... —decía jadeando de placer–. Joder, –no conseguía articular palabra–. Joder, ¡preservativo!

—Ya –contestó–. Ya está puesto.

—No lo noto –le contesté mientras él seguía empujando su miembro hasta el fondo de mí.

—Confía en mí –dijo jadeando.

Y confié en él. Me dejé llevar por ese placer que me alejaba de la cordura. Ese placer que me alejaba de mí misma si no salía a flote.

Paró de empujar, me miró.

—Vamos juntos —dijo.

Y me preparé para unirme a él, como siempre soñé, como siempre fue.

—No has llorado esta vez —me dijo acariciando mi cara y entregándome la caja del anillo. No tienes por qué contestar a la petición ahora. No hay prisa. Me gustaría que te llevaras el anillo.

Abrí la caja. El anillo me cautivaba. Lo cogí y me lo puse en el dedo. Entró como un guante perfecto en mis dedos.

—Llorar no es algo que controle, surge sin más.

—Como el amor —me replicó. Un solo segundo para enamorarme y ocho años para intentar olvidarte.

Sonó el timbre de la puerta.

He pensado que comer algo nos vendría bien.

Fue a abrir mientras yo me quedé con la sensación de que lo tenía todo preparado.

Cogí una sábana de la cama y me la enrosqué en mi cuerpo. Ya habría tiempo de ponerme la ropa. Fui a la terraza donde él estaba poniendo la cena que habían traído.

Me sirvió un poco de salmón ahumado con queso de untar. Estaba riquísimo. Hasta en ese detalle había pensado. Me encantaba ese plato. El aire corría y se estaba bien. No hablamos, solo disfrutamos de ese momento. Me miraba y sonreía y yo lo sentía dentro de mi corazón. La sangre bombeaba más de lo normal y notaba ese sentimiento que te hace sentir especial y volar.

Cené con agua pensando en la vuelta a casa, mientras él lo hizo con el champagne.

–Quédate a dormir conmigo. Tenemos la habitación pagada.

–No puedo –le manifesté.

–¿Por qué no?

–Porque no debo.

Me levanté y fui a la habitación a vestirme.

Deseé mientras me vestía que me lo hubiese impedido. Pero se quedó en la terraza. Me vestí despacio en espera de que cambiara de idea y viniera a evitar que me fuera. Nada.

Vestida fui a la terraza a despedirme.

–Me marcho.

–Ya lo veo –contestó sin volverse. Mirando las vistas que ofrecía la terraza.

–Por favor, despídete de mí.

—No puedo despedirme de la persona que más quiero.

—Bueno, «¿un hasta luego?».

Perdona, estoy siendo egoísta. Supongo que esperaba que cambiaras de idea. De todos modos, estaré en esta habitación toda la noche y el día de mañana y la noche de mañana. Te esperaré.

Me dolió el corazón. No reconocía a la persona que tenía enfrente de mí.

—Gracias por ser el hombre que siempre soñé.

—Lo soñaste, pero no lo quieres ahora.

—Llegas tarde. No puedo cambiar las cosas.

—Querer es poder para mí.

—Para ti. Para mí no siempre poder y querer van unidos –le repliqué.

No dijo nada.

—¿Un abrazo? –dije a modo de despedida.

—No, porque no dejaría que te fueras.

—Cogí mi chaqueta y enfilé hacia la puerta, esperando, deseando que me lo impidiera. No lo hizo, y tuve que cerrar la puerta e irme a mi pesar.

Mientras esperaba el ascensor no dejé de mirar por el pasillo suspirando por su presencia inmediata ahí.

Cogí el ascensor y pulsé a la plantan baja. Dejé la recepción atrás, dejé el bar atrás. El conserje me dio las llaves de mi coche. Le di un billete de cinco euros de propina. Entré en mi coche, arranqué el motor, miré a la puerta del hotel por si aparecía y no. Demasiadas películas románticas había visto.

Me fui triste. Bajando la cuesta del Congreso de los diputados, pasando por el hotel Palace, me alejaba de él. Una lágrima cayó de mis ojos, luego otra. Entré en la rotonda del dios Neptuno y me dirigí a mi casa.

Sonó el telefonillo. Eran las seis de la tarde. Era él. Estaba asustada. No pregunté, simplemente le di al botón de abrir. Esperé en la puerta su llegada. Me pregunté si siempre supe que no estaba haciendo lo correcto.
Estaba guapo. Me sonrió. No pude esbozar sonrisa alguna.

–¡Hola, cielo! –me saludó dándome un beso en los labios.

Hola.
Entró en mi casa y cerré la puerta. Estaba ansiosa por hablar con él.

–Tenemos que hablar –le escupí antes de que pudiera quitarse la chaqueta.

–¿Estás nerviosa por los preparativos de la boda? Ya te dije que la organizadora era buena.

–No es eso.

–¿Entonces qué es? –me preguntó Andrés.

–Es sobre nosotros.

Se fue a la cocina. Abrió la nevera y sacó una botella de agua mineral. Bebió.

–Dime pues –me inquirió. Noté el nerviosismo en su voz.

–Creo que nos estamos precipitando con la boda.

Me observó atentamente. No pude descifrar lo que pensaba. No dijo nada y empecé a impacientarme.

Jugueteó con la botella de agua. Su actitud me inquietó. No sabía cómo seguir.

–Di algo.

–¿El qué? –me contestó.

–Cualquier cosa.

–¿Tienes miedo a la boda? –me preguntó.

Estoy asustada, porque creo que en el fondo no estamos haciendo lo correcto. Es poco tiempo lo que llevamos juntos como para casarnos.

–¿Te ha pasado algo?

–¿Por? –le pregunté a la gallega.

—Porque hasta hace un mes estabas bien, feliz de organizar la boda. Eras tú desde el principio la que se quería casar, y ahora me sales con esto.

—Lo siento, es que me siento agobiada.

—Explícate.

¿Cómo explicarle que mis dudas eran por otra persona? Lo notaba nervioso. Las palabras se negaron a salir de mi boca, aunque estaban escritas en mi mente.

Él sonrió.

—Es normal. Te vas a casar y te entran dudas. Piensas que solo te acostarás con el mismo hombre durante toda tu vida. Eso lo pensamos todos los hombres y supongo que vosotras también.

Tenía razón. Ese pensamiento fue el que me llevó a meterme en este lío.

—Pero no es solo eso —le repliqué.

—Pues soy todo oídos.

—No puedo casarme contigo —lo solté de sopetón. Pensé que era la mejor manera y no andarme por las ramas.

—Ya.

No lo vi cabreado como cabía esperar. Ni un atisbo de malestar. ¿Lo estaría deseando como yo?

—He hecho algo que no sé cómo explicártelo.

Me miró y vi un brillo en sus ojos.

–Te has acostado con otra persona. Fue una afirmación, casi me atraganté al darme cuenta de que lo sabía. Fue directo al problema.

–Sí –contesté con un hilo de voz que casi me ahoga.

–No te he preguntado. Ya sé que lo has hecho. Pero no pasa nada. Son cosas que ocurren.

Me quedé con la boca abierta. No entendía nada.

–Te lo repito. Me he acostado con otro hombre.

–Lo sé y te repito que es algo normal.

–No entiendo que sea algo normal. ¿Desde cuándo eso te parece normal? –le estaba gritando.

–¡Dios mío!, las mujeres lo complicáis todo. Yo también me acosté anoche con una chica y no por ello he pensado en no casarme contigo. Míralo como un regalo de despedida.

Lo estaba mirando y no entendía nada. No era normal que Andrés me hablara así. ¿Quién era ese hombre?, me pregunté. No podía ser cierto nada de lo que me había dicho.

–¿Te acostaste anoche con una chica?

–¿Y tú no?

–Con la diferencia de que me siento culpable y tú no.

—A ver, no me siento culpable porque solo fue un polvo. Hay que diferenciar entre el amor y el sexo. No me complico la vida. Y tú no deberías.

Era un chiste aquello. Me estaba cabreando mucho.

Para mí el sexo y el amor van de la mano.

—Ya, como para todas las mujeres.

—No todas. Tengo amigas que sí son capaces de separarlo, pero yo no puedo.

—No me dirás que te has enamorado de un tío que has conocido ayer y te lo has follado. Anda, cielo, dejemos de discutir por una tontería, ven aquí y dame un beso.

—Me dijiste: «no hagas nada que yo no haría». ¿Ya sabías lo que ibas a hacer?

—¡Dios mío! Para esto ya de una vez. No se trata de lo que dije o dejé de decir. No quiero discutir por esto.

—¿Ha habido más mujeres?

—Para.

—No puedo, necesito saber.

—Lo que necesitas saber es si por esto tan tonto echarás todo a perder.

—¿Por algo tan tonto? Es sobre la confianza.

—Yo confió en ti.

—No puedo casarme contigo.

–¿Te has enamorado en un polvo?

–No se trata de eso, es simplemente que siento que pensaba que eras de otra manera y ahora me sales con unos valores que no reconozco.

–No seas estúpida. Es normal echar un polvo de vez en cuando, aviva el amor.

–Para ti –dije consternada. A la persona que tenía enfrente no la reconocía.

Fui a la cocina, necesitaba beber agua. Estaba sedienta. Al terminar de beber volví al salón. Había puesto la tele y estaba viendo los deportes. Sentí rabia, dolor e impotencia. Se giró y me dijo:

–Te encargas tú de avisar a la gente de que se suspende la boda.

Apagó la tele y salió por la puerta dejándome sola sin saber por dónde empezar. Pensé: «joder, acabo de anular mi boda». ¿Mi prometido era mi exprometido? Mi madre me mataría. ¿Y si era solo una ilusión lo de Izan? Y sobre todo me sorprendió la poca resistencia que opuso Andrés. ¿Es posible que en el fondo no quisiera casarse conmigo?

Eran las seis de la tarde. La puerta del Sol estaba cortada. Parte de la Gran Vía también. No había manera de llegar a la Carrera de San Jerónimo. Estaba ansiosa por llegar. Me asaltó una duda ¿y si no estaba? ¿Y si se había dado cuenta de que todo era una locura como se lo dejé claro ayer? Mi anhelo se convirtió en miedo. Miedo a perder aquello por lo que había apostado.

Di la vuelta dos veces a la Calle Gran Vía y acabé delante del Banco de España con la Cibeles mirando y compadeciéndose de mí. Giré por la calle Recoletos hasta la plaza de Neptuno. Entré en la rotonda esperando que la furia del dios Neptuno no me fulminara con su mirada. En mi mente las estatuas recobraban vida. Y caí en la cuenta de que era probable que me faltara un tornillo.

Otra vuelta más y volví a recorrer el mismo camino, Recoletos, rotonda de Cibeles y subida por Gran Vía. Resoplé. La manifestación había acabado, se veía a la gente con sus pancartas disolviéndose por las aceras, otros entrando en la boca del metro. Giré por la calle Montera, famosa por sus prostitutas. Y salí por la calle donde deseaba llegar.

Aparqué en la entrada del hotel Urban. El portero se acercó a mi coche con prisa y sonriéndome. Al verlo en conjunto, sombrero, esmoquin a juego con su sonrisa, pensé que uno de esos sombreros me quedaría bien.

—¡Buenas tarde, Lucia!

—Buenas tardes, Abraham. Y sí, se llamaba como el mismísimo Abraham Lincoln el que puso de moda el sombrero de copa. La habitación 312 te está esperando, siguió diciéndome con la sonrisa en los labios.

El ascensor tardó en llegar. Mis manos sudaban y mi corazón amenazaba con salirse de mi pecho. Subí y pulsé el tres. Tuve la impresión de que subía más lento de lo normal. Salí corriendo en cuanto se abrieron las puertas. Y paré en seco, no recordaba si era izquierda o derecha. Tuve que controlar mi ansiedad e ir mirando los números. Toqué el timbre mientras pensaba: Abre, abre y dime que me quieres.

Abrió y me abalancé sobre él. Nos caímos al suelo del impulso que había cogido. Ya en el suelo lo besé y rompí a llorar.

—Te quiero —me dijo secándome las lágrimas.

—Yo también te quiero. Gracias por esperar.

—Te dije que lo haría.

Me miró y sonrió. Me ayudó a levantarme del suelo. Cerró la puerta sin soltarme de la mano.

—¿Sabías que vendría? —le pregunté.

–No estaba seguro, pero lo deseaba más que nada en el mundo. Esperaba que recapacitaras. Esperaba que estuvieras en el mismo punto que yo. Y te dieras cuenta de que nos pertenecíamos.

–Te quiero. Lo besé.

–Yo también.

Hincó la rodilla en el suelo, esta vez sin anillo. Me cogió la mano y vio que llevaba el anillo, su anillo. Me lo quitó y me hizo la pregunta.

Lucía de apellido impronunciable, ¿quieres convertirte en la esposa de este pobre imbécil, cobarde, pero el que más te ha amado y te amará en esta vida?

La sensación fue dulce. Sentí paz. Mi corazón se asentó en su hueco y se relajó. Me había llamado como siempre me llamaba: «Lucía de apellido impronunciable». Nunca aprendió a decirlo bien.

Sí, me casaré contigo, aunque seas cobarde e imbécil, ya que me querrás como nadie lo hará en esta vida.

Se rio y me puso el anillo. Me besó, me abrazó. Lo olí y él a mí. Se separó para observarme. Y noté la impaciencia que tenía de mí y él notó la mía. La sed del uno hacia el otro nos llevó a devorarnos a besos.

Fue el comienzo de una vida juntos después de esperar tanto tiempo.

Donde el corazón me lleve

Me siento culpable. Me siento diferente. Me siento viva. Me siento... me siento...

¡Dios mío! ¿Que estoy haciendo?

Mis hormonas están desconcertadas. Revolucionadas. Andan sueltas, desvariadas. Me controlan.

Sus manos acariciando cada tecla de mi piano. Cuando se va recorro el mismo teclado, imaginando sus dedos recorriendo cada centímetro de mi cuerpo, y me siento húmeda.

No debería tener esos sentimientos. ¿Sentirá lo mismo que yo?

La primera vez que lo vi lo supe. Supe que iba a ser un problema, pero, pese a ello, lo elegí entre cinco candidatos.

Buena preparación. Tocó un fragmento del *Lago de los cisnes* y se me erizó la piel. Enseguida pensé en su manera de tocar un cuerpo amándolo.

Lo acepté como profesor de mi hija. Lo acepté como aquella persona que debilitaría mi vida.

Cada día, después de su marcha, mientras mi hija veía su serie favorita, subía al baño y lloraba.

Un día mi marido me encontró llorando… Esperé a que me preguntara. Desee que se preocupara por mí, que me cogiera de la mano. Lo sentí en la puerta y sentí el vacío que dejó al irse.

Tuve ganas de gritarle: ¡Ayúdame, quiéreme, deséame, ámame!, pero solo se oyó mi sollozo.

Llevo quince años casada, más diez años de novios. Llevo toda la vida con el mismo hombre. Nos conocemos demasiado, por eso cuando noto su falta de sensibilidad para conmigo, sufro.

Al principio de nuestros problemas, hablaba y hablaba, y creo que dejó de escucharme. Y cuando me di cuenta de eso paré de hablar. Y... dejamos de hablar de nosotros para hablar de nuestros hijos.

Nuestra vida seguía y seguía. Y yo continué sobreviviendo a la rutina, deseando ser tocada por mi marido o por alguien. Y apareció Sandro en mi vida. Elegante, atento, simpático, agradable, guapo, muy guapo. Fue un soplo de aire fresco en mi vida.

Era el primer pensamiento y el último al acostarme. Era fácil para mí soñar con él todas las noches sin sentirme culpable. Mi marido me ayudaba a ello. Cuando se metía en la cama, se tumbaba en su lado de la cama y giraba dándome la espalda. Ni un beso, ni un buenas noches. Si intentaba decirle algo me soltaba un gruñido.

—Estoy cansado.

Así que yo también le daba la espalda e intentaba soñar con un mundo diferente.

Un día mis padres y hermanos vinieron a comer a casa. Mi madre nos dejó con la boca abierta. Para empezar, os diré que mi madre es una mujer chapada a la antigua, o eso pensaba yo. Mujer dedicada a su familia. Ha criado a sus cinco hijos. Jamás la he visto quejarse por nada. Mi padre... es mi padre. Hombre que ha trabajado para alimentar a su familia y poco más. Apenas he visto muestras de cariño entre ellos. Cordialidad y educación sí. Y tengo la sensación de que mi matrimonio va por el mismo camino.

Estábamos hablando del divorcio de una famosa que había abandonado a su marido por un chico más joven, y mi madre dijo:

—Me alegro por ella, debe ir donde el corazón la lleve.

Mi hermano mayor, que es muy parecido a mi padre, le contestó:

—¿Pero adónde cree que va a su edad con un chico tan joven?, ¡lo que hay que ver!

—¿Lo que debe hacer es quedarse en casa y cuidar de sus hijos? —le contestó mi madre con una mirada felina.

Mi hermano captó su tono de voz y bajó la mirada. Pocas veces mi madre nos desafiaba, pero si lo hacía era mejor retirarse porque era una fiera.

Respiró hondo, miró a mis hermanos.

—¿Quién la cuida a ella?

—Su familia. La familia es lo primero. Eso me lo habéis enseñado tú y papá —contestó mi hermano.

La familia es lo primero, sí. Una pareja sin amor no. Me alegro de que podáis elegir. En mi época no se podía y las cosas eran muy diferentes. Te casabas para toda la vida, ahora tenéis muchas más opciones que nosotras antes.

—El mercado del libertinaje —sentenció mi padre.

Mi madre lo miró y vi rebeldía en sus ojos. Vi algo que no había visto jamás en ella. Tuve la sensación de que la fiera que estaba en ella iba a salir a devorar a mi padre.

Al menos disfrutan de la vida. No como yo, que llevo treinta años sin catar el sexo.

La mesa se quedó en silencio. Mis hermanos se quedaron con la boca abierta. Por primera vez mi madre no era mi madre.

A mí me cortejaron muchos hombres. Si volviera atrás, me echaría un amante.

–¡Mamá! –gritó mi otro hermano indignado.

–¿Qué pasa, te escandalizas? ¿Cómo crees que os tuve? Tuve sexo con vuestro padre. En aquella época sí le gustaba practicarlo.

Mi padre no sabía dónde meterse, fulminó a mi madre con la mirada.

–Mujer, hay ciertas cosas que los hijos no deberían saber sobre sus padres.

Son adultos y no quiero que tengan una vida mala. Sobre todo ella.

Se hizo el silencio.

Mi marido se levantó y fue a por los cafés. Mi hermano pequeño fue con él a ayudarlo. Mi hermano Santi, el que apenas hablaba, estaba mirando caer la nieve por la ventana. Creo que nunca se lo dirá a mi padre. Aunque en el fondo sé que mi padre lo sabe, pero no quiere aceptarlo. Mis dos cuñadas estaban calladas pero divertidas.

Mi madre se sirvió otra copa de vino. La Navidad estaba al caer y era la época en la que ella siempre se ponía triste y melancólica. Agradecí que mis hijos y mis sobrinos estuvieran en el cuarto de juegos.

Con su copa de vino se acercó a mi hermano Santi y le besó en el hombro. Mi hermano la abrazó. Entre ellos dos había una conexión que no había entre mis hermanos y mi madre. Él lo era todo para ella. Supongo que, porque era el más pequeño, el que no estaba casado y el que no tenía hijos. Con él se divertía, iban de compras, de viajes, escapadas de fines de semana. Me madre encontró en mi hermano a su media naranja.

Santi, desde que recuerdo, siempre fue reservado, pero tuvo una unión instantánea con mi madre desde que nació. De pequeño apenas hablaba con nosotros pero era habitual oírlos a él y a mi madre manteniendo conversaciones secretas y riéndose a carcajadas. Y si aparecíamos se cerraba en banda. Afortunadamente la relación para con nosotros sus hermanos cambió a medida que íbamos creciendo. Y conmigo más desde que fui madre. Ha sido un gran apoyo emocional. Yo supe que era gay porque me lo dijo, y mi madre antes de que se inventara esa palabra.

Mi madre se giró y me dijo:

—Alicia, nunca dejes de ser feliz. Prométemelo.

—¡Mamá! —exclamé.

—Hablo en serio.

—Vale. —No tenía intención de desafiarla—. No en ese momento.

—No dejes que tu felicidad dependa de otra persona. Hazte feliz. La vida es corta y es la única que vas a tener.

—Mamá, ¿estás bien?

—Sí.

Se tomó un sorbo de vino.

—A mi edad solo se desea la felicidad de los hijos. Haz que tu felicidad no dependa de otra persona sino de ti misma.

Silencio. Mis hermanos estaban incomodísimos.

Mi madre y yo nos pusimos los abrigos y salimos al jardín a que nos diera el aire y mojarnos con la nieve. Ambiente demasiado caldeado en casa.

—Mamá, ¿qué te pasa?

—Sé que no eres feliz y me gustaría que lo fueras. Es solo eso.

Anduvimos bajo la nieve como hacíamos cuando era pequeña. Esta mujer era mi madre. Y me sentí orgullosa de ella. Orgullosa de que pudiera dejar a seis hombres callados.

Al volver, el ambiente había cambiado y el recibidor olía a café recién hecho. Nos sentamos y nos tomamos el café. Unos hablaron de futbol, otros de baloncesto y mi marido de la bolsa con mi padre.

Mi marido es bróker. Y trabaja mucho y duro. Y como dijo mi padre una vez que me peleé con él y fui en busca de consuelo, que era un buen hombre, que sabía cuidar de su familia; que me había dado una casa espléndida, tres hijos maravillosos; que no había tenido que salir a trabajar, que tenía criada; que no me pegaba, no se pasa la vida en el bar, así que de qué cojones me quejaba. Me quedé de piedra sabiendo lo que pensaba mi padre, y nunca más volví a comentar mis problemas conyugales delante de él.

La velada volvió a la tranquilidad y se fueron.

Aquella noche mientras nos metíamos en la cama mi marido entabló conversación conmigo. Algo poco usual en los últimos tiempos.

–Tu padre se ha enfadado mucho con tu madre. Deberías hablar con ella.

Me quede atónita.

–¿De qué crees que debería hablar con ella?

–De su comportamiento.

Me estaba enfureciendo.

–¿De qué comportamiento estamos hablando?

–Cielo. No quiero que te enfades conmigo, solo te digo la verdad.

–¿La verdad?, pues mi madre solo dijo la verdad y ¿debo hablar con ella de eso?

–Las personas deben saber comportarse.

–¿Como tú y yo?

–No hablamos de nosotros, sino de tus padres.

–Si mi madre no puede ser sincera delante de su familia ¿delante de quién lo será? Déjala que se exprese, ya que yo no puedo.

–Ya estamos, siempre recriminándome, siempre quejándote. Pues no sé qué haces conmigo.

–Eso me pregunto yo también.

Me largué de la habitación y bajé al salón a fumarme un cigarro.

Todas nuestras conversaciones acababan igual. Yo terminaba abajo llorando, fumando o tomándome una pastilla para dormir. Era intransigente respecto a nosotros. Si quería decir algo, enseguida me cortaba diciéndome que siempre me quejaba, que si tal, que si cual. Y me desarmaba.

Era una mujer infeliz que se conformaba con lo que tenía.

No sé si me estoy excusando para poder explicar lo que luego pasó. Pero quiero dejar claro que sabía lo que hacía. Y de eso hace ya casi siglos.

Supe que a Sandro le gustaba el día de la lotería de Navidad. No tenía clase con mi hija, pero se pasó por casa. Estaba atareada preparando las maletas porque nos íbamos a Nueva York a pasar las fiestas. Mi hija estaba loca por patinar en el Rockefeller Center y su padre, que tanto la adoraba, le había concedido el deseo.

Llevaba un pañuelo en la cabeza a modo de pirata con mis gafas de pasta para ver.

No oí la puerta, no oí cuando Hermenegilda fue a abrirla. No lo oí entrar. Estaba agachada buscando un papel que creía que se me había caído debajo del sofá. Mientras estaba arrodillada tuve la impresión de ser observada. Mi instinto me hizo levantarme aun sin haber encontrado el papel que buscaba. Allí estaba él, sonriendo.

–Hola –dije entrecortada–. ¿Hoy no tienes clase, verdad?, soy capaz de haberme olvidado.

–No –se quedó en silencio observando. Me sentí intimidada por su mirada.

–¿Te pasa algo? –interrogué.

–Perdona, es que nunca te había visto tan guapa.

–¿Perdona?

–Sí, estás preciosa. Estás hermosa.

Tragué saliva. Estoy hermosa para él. Le parezco guapa, ¡ay! En ese momento me convertí en dos personas.

–Gracias –sonreí–, pero me puse firme. ¿Puedo ayudarte en algo?

–Más guapa estás cuando sonríes.

Joder, joder, este tío me va a matar, pensé, no, que me estremezco y deseo que me beses, lárgate, vamos, por favor. Ya me estaba olvidando de ti. No me digas esas cosas. Respiré hondo y conté hasta donde pude.

215

—Perdona, venía a despedirme.

—¿Por qué?, ¿te hemos tratado mal? —mi respiración se acentuó, el corazón se me aceleró, empecé a sudar. No. No me dejes. No.

Al fondo sonaba la canción *Hurt,* de Christina Aguilera, y estaba cantando la parte que dice:

Te abrazaría

Te quitaría las penas

Gracias por todo lo que has hecho

Perdonar todos tus errores

No hay nada que no haría

Por volver a escuchar tu voz

a veces quiero llamarte, sé que no estarás ahí.

—No. Vuelvo a casa por Navidad y no quería irme sin despedirme de ti.

Casi me deshago de gusto. A punto de derretirme como una tableta de chocolate al exponerse cerca del fuego. Quería despedirse de mí. ¡Buah!
Síí. Sentí que mi otra yo bailaba. No se va, se queda.

—Menos mal, no me gustaría tener que buscar a otro profesor.

Me sonrió.

—¿Tomamos un café? —me preguntó.

Nos fuimos a la cocina y nos sentamos cara a cara en la encimera de isla. Me di cuenta de que no podía dejar de mirarlo.

–¿Quién prepara el café? Me dijo sacándome de mi ensimismamiento.

–Perdona, yo. –Me levanté notando que estaba mojada. Tenía las bragas mojadas de deseo hacia él–. No, joder.

Me sentía incómoda moviéndome por la cocina mientras él me miraba y deseaba que me hiciera el amor, como siempre soñé.

El olor a café impregnó toda la cocina. Saqué unas galletas del horno recién horneadas y nos sentamos a merendar.

Me miraba, yo lo miraba. Sonreía y yo más. Parecía una colegiala. Puso una bolsa pequeña de una perfumería encima de la mesa. No me había dado cuenta hasta ahora de esa bolsa.

–Es un detalle. ¡Felices fiestas!

Miré la bolsa.

–Yo no tengo nada para ti.

–No hace falta. Ábrelo.

Cogí la bolsa. Abrí el envoltorio, y su presente era Beauty, de Calvin Klein.

–Así me imagino que hueles.

–¿Yo?

–En estos tres años que llevo trabajando con la nena, nunca he podido olerte, así que siempre me he preguntado cómo olerías, y… cuando olí este perfume supe que debería de ser así.

Sonreí. Rocié un poco en mi muñeca izquierda. El olor se infiltró por todos mis sentidos, transportándome a un mundo donde todo era posible con él. Y no me di cuenta cuando se acercó a mí. Me cogió la mano y acercó mi muñeca a su nariz y aspiró el olor, acariciando con su nariz mi muñeca, dejando que la palma de mi mano acariciara sus labios carnosos y perfectos. Sus mejillas, la comisura de sus labios, los ojos. Mi mano exploró su cara y él recibió cada caricia con anhelo.

Abrió los ojos y me miró. Lo tenía tan cerca, tan cerca, que aspiramos el uno el aire del otro.

Carraspeé para alejarlo. No demasiado cerca. Por favor. No demasiado lejos. Por favor, decía mi mente. Me cogió la cara entre sus manos y me besó la frente. Rompiendo así el hechizo.

Volvió a su sitio para terminar de tomar su café.

Estaba empapada en sudor. Desorientada. Me pregunté dónde me encontraba. Abrí los ojos como platos, pensando ubicarme de esa manera. Y oí su voz.

—Estabas soñando. ¿Estás bien?

Noté mi boca seca al intentar hablar. Giré y lo miré.

—Sí –logré articular.

—Duérmete.

Se giró sobre sí mismo y siguió durmiendo. Me levanté de la cama y fui al baño. Miré el reflejo que me devolvía el espejo. Tenía ese brillo en mis ojos, ese brillo de satisfacción. Bajé mis braguitas y allí estaba el líquido de la felicidad. Había tenido un gran orgasmo. Me senté en la taza del váter para hacer pis y el calor del pis al rozar mi clítoris me hizo tener un orgasmo sucedáneo. Me temblaron las rodillas al terminar. Seguía viva.

Me sentía feliz. Ligera. Bajé a preparar el desayuno. Hermenegilda ya tenía casi todo preparado.

—¡Buenos días, señora!

—¡Buenos días!

—Té verde con limón con agua muy caliente.

—Gracias. Todas las mañanas me cuentas lo que me sirves. No hace falta que me lo digas todos los días.

—Me gusta hacerlo.

—Bien.

Me miró y noté una mueca en su cara. Y se fue hacia la tetera. Se giró y me volvió a mirar.

—¿Señora, está bien?

—Sí, ¿por qué?

—No sé… la veo diferente. Tiene una cara distinta, hasta el tono de su voz.

—Estoy cansada por la preparación del viaje.

—No es cara de cansancio, es más bien de felicidad. No sé. La veo bien. Hacía años que no la veía así.

Sonreí y me vino a la mente la imagen de Sandro besándome el cuello, mordiéndome el labio. Yo sudando. Eran como flashes. Era solo un sueño y me parecía tan real… Y ahora me sentía satisfecha. Estaba deseando que se marcharan todos de casa para poder recrearme en mi fabuloso sueño sexual.

Respiraba hondo. Buscaba parecidos a él. Sonreía cuando veía a alguien que se parecía a él. Nueva York estaba preciosa. Estaba con mi familia y me sentía culpable porque deseaba que en el lugar de mi marido estuviera Sandro. No era justo. Me sentía mala persona.

Los días pasaron, y las noches. Y cuando más sufría volvimos a Madrid. Y con ello mi esperanza de verlo. Las clases tardarían en empezar. Tenía necesidad de él. Intentaba provocar una comunicación entre ambos. No sabía si seguía en Roma o si había vuelto. Deseaba que él pudiera leer mi pensamiento. Que supiera la ansiedad que tenía al desear verlo.

Cuantos más días transcurrían, más marchita me sentía. Cuando pensaba en él, una sensación recorría mi columna vertebral y me entraban escalofríos. Y decidí tomar cartas en el asunto. Quería saber de él. Y esperaba que él también deseara tener noticias mías.

ALICIA_ 10:30
¡Felices fiestas! Ya estamos en Madrid, espero que podamos organizar las clases de piano.

Solo trascurrieron unos pocos minutos, lo que tardé en releer lo que había enviado y divagar si había sido correcta enviando ese mensaje, cuando sonó el sonido del wasap.

- SANDRO_10:32

- ¡Hola! debemos tener conexión. Estaba pensando en ti ahora mismo. Espero que hayas pasado unas buenas fiestas. Las mías un poco tristes, sentí que me faltaba algo.

ALICIA_10:35
¡Hola!, los nenes se han divertido bastante. Los he visto muy felices. ¿Triste?, ¿por?

¡Clic!

SANDRO_10:40
No creo que quieras saberlo.

¡Clic!

ALICIA_10:45
¿Por qué no?, me preocupas.

¡Clic!

SANDRO_ 10:50
Seguro que pierdo mi trabajo si te lo digo. Y eso me entristecería mucho más.

¡Clic!

ALICIA10:55
No entiendo cómo podrías perder tu trabajo. Anda, dímelo.

¡Clic!

Era lo que estaba deseando leer. Lo había provocado y ahora lo tenía en la pantalla. ¿Qué hacer ahora?

Estaba contenta. Feliz. Iba a equilibrar la balanza. Iba a escribir lo que pensaba. Ya no discurría. La sangre había dejado de circular por mis venas. Y lo envié.

ALICIA_11:05
Estaba deseando que me lo dijeras.

Se hizo el silencio. No más clics. Miré el móvil. Tenía batería y estaba bien.

Me entró una gran ansiedad. Le había mostrado mis cartas.

¡Clic!

SANDRO_11:20
¿Te atreverías a decírmelo cara a cara?

Guau. Ya lo he provocado. Y ahora, ¿qué?

223

El silencio volvió, pero esta vez de mi parte. No sabía qué contestarle.

ALICIA_11:40
Te podrías sorprender.

¡Clic!

SANDRO_11:43
¿Te paso a recoger en una hora?

No. No. No. ¿Qué he hecho? Sé que es lo que deseaba, pero… ¿Qué hago? Era una tontería preguntármelo ahora porque sabía lo que haría si él me llamaba.

¡Clic!, enviado, ponía en la pantalla. Releí el mensaje.

ALICIA_11:45
Ok. En una hora disponible.

¡Clic!

SANDRO_11:50
Ok. Te recojo en una hora, princesa.

Princesa. ¡Buah!

Me metí en la ducha corriendo. Lavé mis partes nobles tres veces con el gel íntimo efecto desodorante. Rocié mi cuerpo entero con el perfume Beauty.

Y ahora ¿qué ropa me ponía? Vacié el armario y no encontré nada que pudiera ponerme que me hiciera sentirme guapa. Al final me decanté por unos vaqueros azules Mango que realzaban mi culo y un jersey de Zara con un escote pronunciado de color violeta. Miré mi reflejo. El violeta me sentaba muy bien. Zapatos, cómodos. Botines de Adolfo Domínguez. Eran mis preferidos. Cómodos con tacón de cuña. Metí los vaqueros dentro de los botines. Debía ser *cool*. Quería ser guay. Quería parecer más joven.

Estaba preparada.

¡Clic!

- SANDRO_12:50
- Estoy delante de tu casa.

Escribí deprisa.

ALICIA_12:51
Ya voy.

No quería que Hermenegilda nos viera. Así que volví a escribir.

Espérame en la puerta del garaje que iré en mi coche.

¡Clic!

Ok.

Bajé al garaje y cogí mi Mercedes Clase E Berlina, color gris. Regalo de mi cuarenta y tres cumpleaños. Hace cuatro meses que está conmigo. Adoro mi coche, es la prolongación de mis extremidades. Me siento segura con él. Si iba a adentrarme en un mundo que desconocía, quería llevar algo que me hiciera sentir segura. Mi coche.

El sonido del motor suave me reconfortó. Arranqué. La puerta del garaje se iba abriendo lentamente y vi su coche. Me bloqueaba el paso. Le sonreí. Arrancó el suyo. Salí detrás de él. Íbamos dejando los chalés atrás.

Sonó mi teléfono y se conectó el manos libres. Vi por el navegador que era él.

—¡*Buon giorno, principessa*!

Sonreí.

—¡Buenos días!

—¿Confías en mí?

—No debería, pero sí.

226

—Después de tres años, creo que algo me conoces. Así que apelo a tu confianza. Sígueme. No cuelgues el teléfono. Estaremos conectados.

—Vale.

La carretera no estaba concurrida para ser un día laborable. Debía de ser por las fiestas. Miraba los carteles, estábamos saliendo de Madrid. Íbamos por la A5. Conducía a mucha velocidad para mí. No quería sobrepasar la velocidad permitida.

—Sandro, ¿adónde vamos?, estamos saliendo de Madrid. Y corres mucho.

—Es una sorpresa. Te gustará a donde te llevo.

—Vale, pero no corras.

—No corro.

—Vas a una velocidad por encima de lo permitido.

—¿Qué pasa, que mi Toyota corre más que tu Mercedes?

—No. Se trata de respetar las señalizaciones. Se trata de llegar. No de no llegar.

—Perdona. Ya sé lo correcta que eres. Perdona. Reduciré la velocidad.

—Gracias.

—De nada.

Sonreí.

—Lo que diga mi *principessa*.

Me reí.

—¿Qué te gustaría escuchar?

—¿De música?

—Sí. Nos quedan 40 minutos de camino.

—¿Qué tienes?

—Toda la música que te gusta.

—¿Cómo?

—*Principessa,* son tres años merodeando por tu casa. Observándote. Sé la música que te gusta.

—Ja, ja, ja. Si tanto me conoces, ponme algo que me venga bien ahora mismo.

Silencio.

Los primeros acordes sonaron a través de mi móvil. Y la voz.

Shine bright like a diamond,
Shine bright like a diamond.

Noté cómo la adrenalina recorría mis venas. Cómo la canción me trasportaba y me daba un chute de subidón. La droga estaba ya en mis venas. Estaba llegando a mi cabeza.

La droga de la felicidad. No hay droga más poderosa que la *felicidad*.

No habló hasta que la canción terminó.

—¿Qué tal? —lo oí preguntarme a través del manos libres.

—Bien. Acertaste.

—Ya te lo dije. Te conozco. Ahora mismo necesitas animarte. Porque seguro que le estás dando al coco.

—Ja, ja, ja.

Tenía razón.

—Para mí brillas como un diamante. No, eres un diamante.

—No seas meloso.

—Solo digo lo que pienso. Escucha la siguiente canción. La escuchabas mucho y un día dejaste de escucharla. Dejaste de escuchar a la artista y me gustaría saber por qué.

Escuché.

Leona Lewis, *Take a Bow*.

Mientras la escuchaba, me entristecí. Supe que no había vuelta atrás. Que no me sentiría culpable.

¿Me dirás por qué?

—¿El porqué de qué?

–Por qué dejaste de escuchar estas canciones que tanto te gustaban.

Son parte de mi privacidad.

Silencio.

Me alegré de estar en mi coche. Estar sola. Poder sentirme como me sentía ahora sin ser observada por nadie. Estaba triste. Estaba dejando atrás al hombre que amé. Dejando atrás al hombre con el que pensé que pasaría el resto de mi vida. El hombre que ya no me miraba, el hombre que ya no me tocaba, el hombre que ya no me hacía feliz.

Me sacó de mi ensimismamiento.

–Ya llegamos. Nuestra salida es la próxima.

–Ok.

Miré el cartel de la salida. No ponía nada relevante. Puse la luz indicadora de dirección y salí con él de la autopista. A unos veinte kilómetros, tuve que volver a poner el intermitente a la izquierda. Y lo que vi a lo lejos me sobrecogió. Se abría un prado enorme. Y al final se veía un edificio como un castillo. A medida que nos acercábamos, fui viendo caballos que estaban trotando al aire libre. Bonito espectáculo.

Él llegó antes, mientras yo miraba y admiraba el espectáculo de los caballos. Salió un señor a cogerle las llaves del coche. Entretanto él se quedó esperándome. Salí del coche con la boca abierta.

–Es precioso esto –dije mientras me abría la puerta del coche.

–Me alegro de que te guste.

–Es paz.

–Eso quería que fuera para ti, ya que para mí lo es.

Me cogió del brazo y me acompañó dentro. Era un palacio. Me quedé mirando las escaleras que subían. Imaginé a una princesa bajando por ellas en otra época. Enseguida vino un señor para acompañarnos a un gran salón. No le preguntaron. Solo lo saludaron y nos acompañaron. Se movía como pez en el agua.

No escuchaba, solo admiraba los ventanales, los espacios grandes, la majestuosidad del sitio. El salón donde nos llevaron era una estancia acogedora. Nos pusieron al lado de una ventana, donde podríamos ver parte del gran prado que rodeaba el palacio. Apenas había gente en el salón, dos parejas más y un señor mayor que tenía una pipa en la boca que no estaba encendida, sentado al lado de una chimenea que sí funcionaba. Me encantaba el lugar.

Al verme tan cerca de él cara a cara, deseé abrazarlo para que no me mirara con esos ojos marrones llenos de ternura. Me cogió las manos y las frotó para que entrara en calor. Yo sonreía, él sonreía.

Llegó un camarero a tomarnos nota. Instintivamente miré la hora. Las doce y media.

Pidió un vermut y yo un refresco. Me cogió de la mano mientras me devoraba con la mirada. Me preguntaba qué era lo que estaba mirando. Escrutando con esos ojos marrones. Me sentía relajada. Y le sonreí.

—Me gusta cuando sonríes.

—Y a mí me gusta sonreír —le contesté.

Me contó la historia de cómo un italiano de Roma acabó en Madrid. La historia más sencilla. Se vino de Erasmus y se enamoró de la ciudad y de su gente. Al año siguiente decidió estudiar en la Universidad Complutense.

Cuando quise darme cuenta, había pasado una hora. Estaba a gusto con él. Y no quería irme de su lado.

Salgamos a dar un paseo y te enseño el lugar. Y luego podemos comer en la terraza de conciertos.

—¿Terraza de conciertos?

—Sí.

—Conoces esto bien por lo que veo.

–Sí, es de mi familia.

–¿Ah, sí?

–Sí.

Salimos a conocer el hotel parador con viñedo y caballos propios. Mientras recorríamos ese grandioso hotel, me contó que en su día fue un castillo, que llevaba un siglo en su familia. Y hacía veinte años que lo convirtieron en hotel parador. Una vez al año se reunía toda su familia aquí en vacaciones.

Me gustaba el lugar. Habitaciones acogedoras con chimenea. Grandes ventanales. Pasillos largos e interminables. Vidrieras de una belleza digna de ser expuesta en el mejor museo de vidrieras. Subimos unas escaleras de caracol y acabamos en una azotea convertida en terraza. Con macetas enormes, de flores, plantas. Con mesas y sillas para comer.

Había pensado que podíamos comer aquí.

Miré a mi alrededor y me deleité con la belleza del lugar. El sol calentaba un poco, lo justo para sentirme a gusto. Nos sentamos en una mesa cercana a las escaleras desde donde se vislumbraba todo el paraje, los caballos y los coches que pasaban en la lejanía.

No paraba de contarme anécdotas de su infancia en ese antiguo castillo con sus primos y hermanos. Al sonreír se le marcaba el hoyuelo de su mejilla derecha. Y no podía dejar de admirar sus dientes perfectos. ¡Qué boca! Tenía ganas de besarlo. Tenía ganas de que me comiera a besos.

Los espárragos estaban riquísimos a la plancha. Y la carne en su punto. La comida deliciosa. Él pidió pescado. Dorada a la sal. Me comí la mitad de su plato y él la mitad del mío. Parecíamos dos adolescentes compartiendo comida, secretos y risas.

El té verde con aroma de vainilla estaba bueno. Él se tomó un café.

—Te llevaré a mi rincón favorito.

—¿Tienes un rincón favorito? —pregunté intentando desligar mi mano de la suya, ya que notaba el sudor que empezaba a aparecer.

No había manera de que me soltara la mano. Cuando nos cruzábamos con alguien me daba vergüenza, pensando que sabrían el porqué estábamos ahí. Un chico joven con una señora. ¿Pensarían que le pagaba? Esos pensamientos me hacían sentir vulnerable.

Llegamos ante una puerta corredora enorme. La abrió. Y nos adentramos en una biblioteca. El calor del fuego al fondo y el sol que entraba por los ventanales me hicieron desear tumbarme en uno de los divanes que había ahí. Había libros y libros.

Hay ediciones únicas de algunos escritores. Aquí solo entran los socios.

–Es señorial. Me gusta.

–A mí me encanta estar aquí –me confesó.

Mi mano sudaba al contacto de la suya. Me sentía incómoda. Intenté zafarme otra vez de ese contacto deslizando mis dedos hacia las puntas de las suyas, pero él me agarró con fuerza. Y me susurró:

–¡Relájate!

Sonreí tímidamente.

La habitación era enorme, con una cama con dosel. Tres amplios ventanales que hacían que el espacio pareciera más grande de lo que era. Y al pie de la cama un baúl de color marrón con el nombre de mi acompañante.

Lo admiré. Había cuadros en las paredes, y me sorprendió dejándome la boca abierta al descubrir un boceto en la pared. Era yo, sin duda era yo.

Se dio cuenta de mi perplejidad.

–Sí, eres tú –me aseguró.

–¿Qué hago yo en esta habitación?

–Es mi habitación y en ella tengo las cosas que me gustan.

–¿Tu habitación? ¿Vives aquí?

Es nuestra habitación. Mi familia lo convirtió en hotel parador, pero la parte de arriba solo la usamos nosotros. Y repito, nuestra habitación. Puedes venir siempre que quieras. Te daré una llave.

Noté cómo una gota de sudor recorría mi espalda. Y empezaron a asaltarme las dudas. ¿Qué veía ese chico en mí? Le sacaba siete años.
Podría tener a cualquier jovencita y se había quedado con la más vieja.

–Mira, he hecho traer estas tumbonas para poder disfrutar del solario, aunque sé que no necesitas tomar el sol.

–Sí me gusta, me deja un color azulino brillante.

Nos acercamos al gran ventanal que daba al lado del solario y lo supe antes de que se acercara más. Era el momento. Me cogió de la barbilla y yo bajé la mirada, subió un poco mi barbilla y me miró a los ojos. Me sentí perdida en sus ojos. Poco a poco fue acercándose y me besó. –Lo recuerdo a cámara lenta–. El beso que había imaginado de mil maneras, y en todas deseaba que nuestros labios congeniaran. Mucha gente no sabe que un buen beso es casi como que te coman el clítoris o te penetren. Nuestras lenguas no pelearon, se asentaron y disfrutaron. El mejor beso que me habían dado en mi vida. No quería que acabara, tenía ganas de devorarlo. Se liberó de mí sujetándome la cara con sus dos manos

Para –me apremió.

Respiré hondo y me dejé guiar al solario. Dos tumbonas, una mesita en medio con dos bebidas. ¿Bebidas? Tenía ganas de volver a meterle la lengua hasta el fondo. Admiré la vista para no pensar en lo que realmente deseaba hacerle. Estaba hambrienta de sexo y llevaba demasiado tiempo sin ello.

Sin querer me tiró la copa encima y me manché un poco. Cogió una servilleta y comenzó a limpiarme el jersey. Frotando mi pecho.

–Vamos al baño

–¿A qué? –le pregunté.

–Ya lo verás.

Sin soltarme la mano, me condujo hasta el baño. Me quedé sorprendida de lo grande que era. Y más sorprendida de todo lo que había ahí dentro. Velas aromatizadas, rosas en el suelo. Un escenario digno para ser la primera vez.

Me quitó el jersey lentamente. El contacto de su mano con mi piel me hizo estremecer. Ya en sujetador me levantó la barbilla para besarme. Oía el latir de mi corazón desbocado que intentaba salir de mi pecho. Mis piernas no respondían, me sentía desfallecer. Y ahí de pie se bajó la bragueta y casi me asusté de lo que sacó al aire libre. No era un tamaño normal, o es que tenía poca información de lo que era el tamaño normal. Me miró y me dijo:

¿Esto es lo que quieres? –meneándosela–. En vez de sentirme indignada lo deseé dentro de mí. Lo vio en mi cara. Acercándose lentamente a mí, me empotró contra la fría baldosa de la pared, besándome y restregándose contra mí. Estaba asimilando lo que me había dicho cuando me subió la falda, me separó las piernas y las braguitas y sin mediar palabra me la metió. Literalmente me la metió. Sentí un poco de molestia al principio, pero luego mi vagina reconoció al ente que estaba dentro de ella y se relajó sintiéndome húmeda mientras Sandro no dejaba de embestirme. Cuando estaba cogiéndole el gustillo al polvo, noté un ¡zas! en mi cara.

−¿Has sido una niña mala? −Me había dado una hostia en toda la

cara−. No sabía qué contestar. Estaba desubicada. No entendía nada, pero él no paraba de follarme.

Otro ¡zas!

−Te he preguntado si has sido mala.

−Yo, yo, no −llegué a articular.

Otro zas.

Estaba estupefacta. Mi vagina respondía a su miembro y mi cabeza no sabía qué pensar.

Y contesté:

−Sí, he sido mala.

Pues a las niñas malas se las folla hasta que revientan.

Oírlo y aceptarlo me excitó de tal manera que no pude controlar mi clímax. Yo dejándome llevar por un placer distinto del que conocía, por una polla que no sabía si era de un tamaño normal, por un chico al que le sacaba siete años de diferencia. Si os preguntáis si me gustó, os aseguro que mucho.

Él se reservó para otro momento que, cómo no, me pilló también desprevenida. La sacó de dentro de mí justo cuando estaba con los últimos resquicios de mi orgasmo. Me dio la vuelta apoyándome contra el lavabo con el espejo enfrente y me poseyó casi incrustándome contra el espejo. Y me miré. Vi mis pechos lánguidos balancearse con los movimientos de sus empujones. Y llegó. Y se quedó apoyado contra mi espalda. Y fue cuando caí en que no había usado preservativo. Me alarmé. Y me pregunté cómo era posible que no le hubiese parado. ¿Y si me contagiaba alguna enfermedad y yo a mi vez a mi marido? Noté cómo toda la lujuria adquirida desde el momento uno, se convertía en una pesadilla.

Joder, no hemos usado preservativo.

¿Acaso no usas algún medio anticonceptivo? –me contestó.

Seguía dentro de mí y su respuesta me había dejado fuera de batalla.

Noté el roce de su mano en mis labios inferiores, extrayendo su miembro de mí. Estuvo unos segundos haciendo algo, y yo sin moverme en la postura en que me encontraba. Acto seguido me enseñó el preservativo atado para que viera que no se había roto.

Sentí alivio y me sentí desconcertada con lo que acababa de pasar. Lo que prometía ser una velada romántica había sido puramente sexual.

El sujetador bajado hasta casi la cintura, mis pechos al descubierto, la falda subida y casi enroscada con el sujetador, las braguitas puestas. Me la había metido con las braguitas corridas a un lado. Subí el sujetador y coloqué cada pecho en su sitio, sintiéndome incómoda por no tenerlos jóvenes. Me bajé la falda. Y me pregunté: ¿ahora qué? Ya estaba consumido el acto que me hacía desearlo y no había sido como yo esperaba, aunque me hubiese gustado.

En mis pensamientos me encontraba cuando su voz rompió el silencio.

–¿Nos bañamos?

Estaba normal, como si no acabara de darme una paliza con la mano abierta mientras me follaba. Y mi desorientación era inmensa.

–¡Hola! –prosiguió como si nada. No me atrevía a preguntarle sobre lo que había pasado.

–Sí, claro –conseguí articular.

Se metió en la bañera y abrió el grifo. Yo todavía seguía vestida sintiéndome tímida por enseñarle mi cuerpo.

Debo reconocer que mi cuerpo no está mal, pero ya no tengo edad para ir por ahí luciéndolo. Supongo que es más por mi propia vergüenza y mis miedos que en sí mi cuerpo.

–Te metes en la ducha o voy a por ti.

–Voy.

Me bajé la falda sin quitarme los zapatos. Sujetador fuera y quedaron desprotegidos mis pechos. Luego fueron las braguitas.

–Tienes unos pechos hermosos y turgentes.

Tenía la impresión de que algo había cambiado. Su voz, su manera de verme ahora que había conseguido lo que quería.

–Entra, quiero que me bañes, me enjabones a conciencia.

Cogí el gel y empecé a pasar la mano por todo su cuerpo y me detuve en su pene. Ahora estaba segura que era más grande que el de mi marido y el de todos los amantes que había tenido.

Cuando terminé de enjabonarlo bien, empezó él a hacer lo mismo conmigo, deteniéndose a darme un masaje en el clítoris. Y en la comisura de mi vagina.

Al enjuagarnos, acabamos más excitados de lo que entramos en la ducha.

Él salió primero y se secó mientras yo dejaba que el agua recorriera mi cuerpo por última vez antes de salir.

Abrió la toalla y me metí dentro de él, quedándonos abrazados el uno contra el otro.

Sentía mucha vergüenza. Acomplejada. Notaba su cuerpo escultural, sus músculos y notaba mi propia flacidez. Metía tripa y apenas me quedaban pulmones para respirar.

Me secó el cuello, los pechos y en ellos hacia una buena parada para lamerlos. Me secó los hombros, la espalda, la tripa que intentaba meter para adentro. El monte de Venus, el clítoris. Se quedó ahí y bajó. Lo lamió secándolo con su lengua. Secó mis muslos bajando por mis pies. Mientras me quedaba de pie mirándolo, él se secó tranquilamente sin quitarme el ojo de encima. Ya secos, me llevó a la habitación y nos tumbamos en la cama.

Esperaba una conversación, mimos, ternura. Otra cosa diferente de lo que acababa de vivir. Encendió la tele. Cogió el mando y le dio a encender. En la pantalla aparecían chicas desnudas que iban al encuentro de un hombre desnudo con un miembro parecido al de Sandro. El miembro estaba erecto y ellas iban hacía él con risitas.

Miré la pantalla y miré a Sandro. Mi sorpresa fue mayúscula.

Dejó la peli puesta y se acercó a la cama conmigo. No quitó los ojos de la pantalla mientras me tocaba los pechos. Me invitó a ver la peli con él mientras me besaba. Vi en la pantalla cómo una de las chicas bajaba a comerle la polla al hombre. Sandro dejó de comerme los pechos para coger mi cabeza y bajarlo hasta su polla. Instintivamente abrí la boca y comencé a chuparla.

No dejes de mirar la pantalla –me dijo.

No dejé de mirarla y chupaba como lo hacía la protagonista. En esa habitación éramos cinco personas. La chica que estaba comiéndole la polla al hombre de la película, la otra chica que tenía el coño en la cara del varón, al que el hombre succionaba el clítoris, Sandro y yo.

Ahora que miro atrás y recuerdo la escena, no me sentí humillada como cabía esperar de una persona como yo. Sentí un comienzo en otra materia que desconocía.

El actor acabó eyaculando en su boca. Un primer plano de ella nos iban enseñando cómo el semen entraba en su boca mientras que lamiéndolo parte se derramaba a la comisura de su boca.

Pensé: ¿eso hará él? Nunca lo había probado. Pero no lo hizo y se lo agradecí.

Apagó la tele y se puso detrás de mí. Me acarició el clítoris mientras me frotaba los pechos. Estaba a cien. La película porno me había dejado chorreando. Bajó de mi clítoris a mi vagina y estaba húmeda. Introdujo su dedo en mi ano y sentí placer, acto seguido introdujo la punta de su polla en mi ano, instintivamente me contraje, paró y se centró en mi clítoris, en mis pechos y en mi vagina Volví a excitarme y volvió a introducir un poco más de su miembro, y así sucesivamente hasta que noté cómo me rompió el himen del ano, si es que existe. En ese punto sentí dolor y paro. Comenzó de nuevo a excitarme y esta vez ya pudo entrar y salir sin problema.

Encendió la tele y la dejó de fondo. Vi cómo el hombre penetraba por el ano a la chica a la que comía el clítoris, sus embestidas iban acorde con los de Sandro. No me dolía, disfrutaba sintiéndolo y viéndolo.

Quiero que lo disfrutes y mucho –me dijo. Y yo sin lugar a dudas lo estaba haciendo. El placer era más de lo que había sentido y esperado. Un placer desconocido para mí. Cuando llegué al clímax, deseé que me sacara la polla por la boca por todo el placer que sentía.

Sacó su miembro suavemente tal como lo había metido y no sentí dolor.

Después de esa magistral clase de sexo, empecé a avergonzarme de mí misma. Al primero que había pasado por mi vida me había entregado en cuerpo y alma. Todas las películas que había creado en mi mente no estaban ahí, había otra. Otra no imaginada por mí.

–Quiero que sepas que me he entregado a ti como tú a mí.

Lo miré y pensé: no te has entregado a mí como yo a ti, no hemos hecho el amor como yo soñé, hemos follado como tú soñaste.

Y dije:

–Sí.

–No estés rara, no cambies. Esto para mí no ha sido sexo, sino amor. Te llevo queriendo en silencio tres años.

–Es que nunca había tenido relaciones sexuales parecidas.

–¿Ah, no?, pues me pareció que sí, porque cuando te di la primera bofetada no dijiste nada y a la segunda contestaste que sí habías sido una niña mala. Pensé que estábamos en la misma onda.

Pues no fue así.

—¿Y por qué no dijiste nada?

—Me pilló desprevenida y consternada.

—Pero tuviste un orgasmo y eso me hizo entender que íbamos por la misma línea.

Sonreí por primera vez desde que había empezado todo aquello. La sonrisa esbozada se convirtió en carcajadas seguidas por lágrimas.

—Supongo que ¿estás bien? —me preguntó.

—Sí que lo estoy, acabo de darme cuenta de que me corro con lo que sea. Disfruto con todo, me corro si me acaricias el clítoris, me corro por la vagina y me corro por el ano. —Seguí riéndome— Y a mi edad, y lo ha logrado un chiquillo.

Me miraba y sonreí mientras mi carcajada se iba apaciguando.

Me abrazó.

—¿Entonces te ha gustado?

—Sí, pero tengo una sensación extraña.

—¿Cómo de extraña? —me preguntó mirándome a los ojos.

—No sabría explicarlo. Es como si hubieras bajado del pedestal.

—No entiendo.

—Tengo la sensación de que lo que nos unía era sexo y que no estaba enamorada de ti.

—¿Estás enamorada de mí? Eso es bello. Porque yo me he imaginado mi vida contigo.

—He dicho que ahora no lo sé.

—No corre prisa, lo iremos descubriendo poco a poco.

Vi seriedad en su rostro. Y sentí que me alejaba de su lado mentalmente. No sé si era porque había hecho cosas que nunca pensé que llegaría hacer o me alejaba de él por la vergüenza.

Me acurruqué mientras él apagaba la tele e iba desnudo a la terraza a por nuestras copas. La suya, que había sido derramada, y volvía a estar llena cuando llegó a la habitación. Trajo consigo unas uvas. La bebida con las uvas estaba muy rica.

Hablamos como nunca lo habíamos hecho, me preguntó por mi vida antes de mi matrimonio. Y se sorprendió al saber que había estudiado derecho y ejercido la abogacía, y que pensaba presentarme a las oposiciones para jueza, pero que cambié de opinión cuando nacieron mis hijos. Cambié una carrera por otra que me era más gratificante, la de ser madre.

Me quedé dormida en sus brazos. El calor que desprendía su cuerpo me despertó y me costó ubicarme. Al separar mi cuerpo del suyo se despertó y ahí empezamos otra vez. El beso fue un beso de esos que en mi vida diaria no daría. Un beso sin habernos lavado la boca, pero ahí estaba yo bebiendo de su boca el vino blanco que me pasaba de la suya a la mía. Echando un poco de vino que luego chupaba por mi ombligo. El frío de su lengua al acariciar mi clítoris me adentraba otra vez en el mundo del placer.

Esta vez el sexo fue convencional. Sensual y con pasión. Esta vez fue como lo imaginé.

Al bajar para ir a recoger nuestro coche sentí la mirada del metre a mis espaldas. Deseé que no viniera a despedirse, pero lo hizo. Su actitud hacia mí fue correcta y educada, deseando verme por allí pronto. Le dijo algo a Sandro en italiano que no entendí. Eso me pareció una falta de respeto hacia mí. Miré mi reloj, eran las seis de la tarde. Llevaba todo el día fuera de mi casa. En mi móvil había dos llamadas perdidas de mi casa y cinco de mi marido.

Sonó el teléfono y al segundo tono lo cogió.

–Alicia, ¿estás bien?

–Sí, estoy bien, perdona.

—No has cogido el teléfono y estábamos preocupados. Había pensado llamar a la policía y activar el localizador de tu coche en una hora si no llamabas.

—Perdona, de verdad, estoy bien. Se me fue el santo al cielo. Quería despejarme y cogí el coche y he ido de un lado a otro. Ya voy para casa.

Noté el alivio en su voz.

—Te esperamos.

—Vale.

—¿Cuánto tardarás?

¡Dios mío!, estaba engañando a mi marido.

—Iré despacito, llegaré más o menos en una hora o un poco más.

—Vale.

Estuve a punto de decirle una mentira sobre mi ubicación, pero caí en la cuenta de que podría mirar el localizador que tiene mi coche y saber que estaba en otro lado. Entonces se daría cuenta de que lo engañaba. Era mejor ser ambigua. Así sentía que no lo engañaba del todo.

Sandro estaba a mi lado. Su semblante era serio. Había escuchado la conversación y sabía con quién estaba hablando.

Trajeron mi coche. Tenía prisa por irme.

–Me marcho. Gracias por un día maravilloso –le dije a modo de despedida.

–Gracias a ti, por regalarme tu amor.

Le sonreí. ¿Amor? Tenía que dar gracias por haberme abierto el culo y haberme follado como si fuera una cualquiera. Pero me sentía bien y no tenía dolor, solo una sensación rara. Debe ser una de sus especialidades, romper el culo.

–Iré delante de ti, tal y como vinimos –siguió diciendo.

–De acuerdo.

Se acercó y me abrazó con fuerza, como si no quisiera que me marchara. Me solté y le di un beso, sin importarme que hubiese alguien observándonos.

El camino de vuelta me pareció triste. Esta vez no hubo llamada de su móvil al mío para ir haciendo la carretera amena. Así que tuve tiempo de pensar en todo lo que había hecho desde esa mañana. Y me volví a preguntar: ¿y ahora qué?, ¿cuál era el segundo paso?, ¿había cubierto mis ganas de estar con él?, ¿repetiría?, ¿seríamos amantes? Tenía muchas preguntas y noté que estaba llorando. No podía parar y eso no era bueno para ir conduciendo. Me quedaban diez kilómetros para llegar a mi casa y paré en una gasolinera.

Tenía que sacar todo lo que llevaba dentro. No podía llegar a casa llorando. Hacía un buen rato que había perdido el rastro del coche de Sandro. Puse la luz de indicación y aparqué a un lado de la gasolinera y dejé que el llanto sacudiera mi cuerpo.

–Toc, toc –oí cómo alguien tocaba la ventanilla de mi coche. Me sorbí los mocos y limpié las lágrimas para ver quién era. Estaba ahí esperando que bajara la ventanilla.

La bajé.

–¿Puedo entrar? –me preguntó. Asentí con la cabeza. Le di al botón de abrir y entró por la puerta del acompañante.

He venido pensado que tal vez no debía haber tenido este tipo de sexo contigo. Tal vez tendría que haber esperado, pero es que al verte me transportaste al más primitivo instinto sexual del ser humano. Solo deseo follarte y follarte y ver que disfrutas. Y cuanto más disfrutas, más me gustas. Eso no quiere decir que no me gustes lo suficiente. Ya te he dicho que te quiero. Me enamoré de ti desde la primera vez que te vi, cuando fui a hacer la entrevista. Ya en ese momento me entraron ganas de follarte encima de la mesa de tu salón.

Oír todo aquello me hizo reírme.

—No te rías, es verdad.

No pude parar de reírme. Mi risa se convirtió en lloros y los lloros en risas. Me calmé.

—¿Sabes que estás loco?

Puede. Yo también tengo miedos. Tengo miedo de saber que ahora irás a tu casa y estarás con tu marido y no conmigo. Tengo miedo de que no quieras volver a verme. Y te aseguro que me volveré loco del todo.

—Yo no sé cómo afrontar esta situación. Me he dejado llevar y me hago preguntas ¿y ahora qué?

—No sé lo que pasará, pero quiero que te entregues a mí en cuerpo y alma. No quiero que lo hagas con culpas. Así que esperaré hasta que tomes una decisión. No quiero compartirte.

Estaba loco de remate. ¿Me estaba diciendo que dejara a mi marido? No se me había pasado por la cabeza. En todos estos años deseando a Sandro no lo había visto en mi futuro como pareja, sino en mi futuro sexual. No me podía pedir que dejara a mi marido.

–No me arrepiento de lo que ha pasado. Quiero que sepas como soy realmente. Me gusta ese tipo de sexo y me gusta también el sexo suave que hemos tenido al final. Quiero dejar las cosas claras, ya que no quiero mirar atrás y darme cuenta de que no luché por ti.

» No te puedo prometer la clase de vida que llevas ahora. Pero te garantizo que serás amada todos los días que pases conmigo. Te garantizo que te verás con los ojos con los que te veo a ti. Te garantizo que siempre buscaré tu sonrisa. Y sobre todo te garantizo que no pasarás hambre sexual.

Mientras hablaba me sentí invadida por una ternura que no supe si era amor, compasión, satisfacción, ego de saber que un chico como él estuviera enamorado de una vieja como yo. Me garantizaba que no pasaría hambre sexual, ¡ah! esa parte me encantaba, y sentí cómo se me mojaban las bragas. Era un caso aparte. Yo le inspiraba sexo y el inspiraba mis instintos primarios.

Ya no lloraba. Ya me encontraba bien, ya podría irme a casa y enfrentarme con lo que fuera.

–Gracias por tu apoyo. Ya me encuentro mejor.

–No es apoyo. Tal vez un poco de egoísmo, te quiero para mí.

Sí que con él la risa estaba garantizada, pensé. Pero tenía que irme.

—Pensé que ibas por delante de mí, perdí tu rastro.

—Iba, pero cambié de carril para que un camión me adelantase. Me gustó ver cómo te alejabas y decidí acompañarte a casa. Cuando vi tu luz de indicación, me asusté, pensé que no estabas bien.

—He parado en una gasolinera, es posible que quisiera repostar.

—Es posible, pero quería estar aquí contigo. Y creo que he tenido razón. Me necesitabas.

—Siempre te necesitaré. Acabo de vivir una experiencia única en mi vida. Has sido el primero y ya sabes que al primero nunca se le olvida.

Se sentía bien. Las palabras suelen ser mágicas en algunos momentos de nuestras vidas, y en ese momento lo eran para él. Estaba respaldando sus palabras. Le estaba asegurando un lugar en mi corazón.

Me besó y noté un sabor salado. Mis músculos se tensaron en espera de más, pero bajó del coche dejándome encendida en el deseo que empezaba a correr por mi cuerpo.

Sí, estaba mejor. Encendí el motor y me encaminé a mi casa. Mirando por el espejo retrovisor, deseando verlo ahí siguiéndome. Y estaba. Paré para que la verja del garaje se abriera y vi cómo Sandro se quedaba atrás con las luces de emergencia esperando que entrara en mi mundo. Mi casa, mi mundo, mi fortaleza y mi prisión.

Me quedé en el coche mientras veía cómo se cerraba el garaje y esperé a verlo irse. Se fue. Ya estaba sola. Me retoqué un poco el maquillaje. Nada de lágrimas.

No le vi cuando bajé del coche, así que me lleve un buen susto. Estaba de pie esperándome. Su semblante era serio o triste, en ese momento no lo tuve claro para poder definir su estado mental.

—Me alegro de que estés bien. Nos hemos asustado — lo vi diciendo las palabras con gran alivio. Era tristeza lo que sentía.

—Lo siento no fue mi intención desconectar del todo.

—Tus padres no sabían dónde andabas, tus hermanos tampoco y...

No lo dejé terminar y me encaré con él.

—¿Qué pasa, que has llamado a todo el mundo? Solo he estado fuera de casa unas horas.

¿Por qué me enfadaba con él? ¿Estaba irritada porque veía que se preocupaba por mí y yo acababa de serle infiel?

Entré en casa como una bala. Me encaminé al jardín para besar a mis hijos. Después pasé cerca de Hermenegilda, con quien casi me doy de bruces.

—¡Señora, perdona! No sabía que estaba en casa. Casi colisiono con usted.

No la respondí y me largué a esconderme bajo una ducha muy caliente. Placer, placer, es lo único que había en mi mente. Las manos de Sandro, las bofetadas mientras me excitaban más de los que mis sentidos me hubiesen recordado. Su miembro en mi boca, cada chupada, cada movimiento en mi boca, arriba, abajo, abajo, arriba. Había desatado una mujer que nunca pensé que existiera. Y me preguntaba cómo iba a conformarme con la vida que tenía ahora si había descubierto otra mejor. Estaba hecha un lío.

Eran las nueve de la noche cuando bajé a cenar. Me estaban esperando en la mesa. Mi familia. Mis hijos estaban felices de verme. Mi marido presidía la mesa. Me senté y sentí un alivio instantáneo. Me gustaba estar ahí con ellos. Los elegí antes que mi carrera de abogacía, los elegí antes que mi posible carrera como jueza y los volvía a elegir ahora. Ellos me convertían en la persona que era.

ÍNDICE